Francine Oomen

Rosas schlimmste Jahre

Wie überlebe ich meinen Freund (und er mich)?

Francine Oomen wurde 1960 in Laren (Niederlande) als ältestes von fünf Kindern geboren. Drei Leidenschaften begleiten sie seit ihrer Kindheit: Zeichnen, Lesen und natürlich Schreiben. Als gelernte Industriedesignerin entwickelte sie zunächst Pappbilderbücher, bevor sie dazu überging, Bücher für ältere Kinder zu illustrieren und vor allem zu schreiben. Mittlerweile zählt sie zu den beliebtesten Kinderbuchautorinnen in den Niederlanden und ihre Serie „Wie überlebe ich ...“ ist dort ebenso populär wie Harry Potter. Francine Oomen wurde für ihre Bücher mehrfach ausgezeichnet.

Francine Oomen

ROSAS schlimmste Jahre

Band 8

Wie überlebe ich meinen Freund (und er mich)?

Aus dem Niederländischen
von Sonja Fiedler-Tresp

Ravensburger Buchverlag

Als Ravensburger Taschenbuch
Band 58465
erschienen 2014

MIX
Aus verantwortungsvollen Quellen
FSC® C114500

1 2 3 4 17 16 15 14

Ungekürzte Ausgabe

Die niederländische Originalausgabe erschien 2008
unter dem Titel „Hoe overleef ik
mijn vriendje? (en hij mij!)“
bei Em. Querido's Uitgeverij B.V.

Umschlag und Kapitelanfangsvignetten:
Constanze Guhr
Umschlagkonzeption: Sabine Reddig

Printed in Germany

ISBN 978-3-473-58465-9

www.ravensburger.de

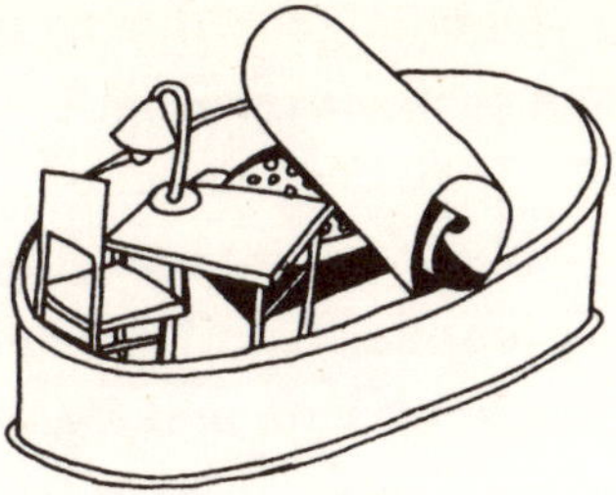

Stress, Staub und Streiterei

Von: Rosa van Dijk <rosa_vandijk@hotmail.com>
Gesendet: Freitag, 28. August 16:28
An: Esther Jacobs <esther@xs42.nl>
Betreff: Stress, Staub und große Eifersucht

Liebe Esi,
wie schön, dass du wieder zu Hause bist. Du bist aber auch wirklich lange weg gewesen! Ich habe dich so sehr vermisst!! Ich habe dir viel zu erzählen, und alles hat mit demselben Thema zu tun: mit Umzügen!
1. Nose wohnt in einem Müllcontainer.
2. Meine Mutter will den Durchbruch.
3. Mein Vater will auswandern (die Folge einer Midlife-Crisis, sagt meine Mutter).
4. Noa und Saskia wohnen zusammen
5. und ich bin umgezogen.

Ja, ja, mit deiner Freundin Rosa Tümpel in dem Zimmer voll Gerümpel wird es nie langweilig.

Fangen wir doch mal mit unserem neuen Haus an. Das hast du überhaupt noch nicht gesehen, weil du so unverschämt lange mit Papi und Mami in einem Luxuscamper durch Amerika fahren musstest. Ja, ich kann es nicht abstreiten, ich bin neidisch!
Meine Sommerferien bestanden dieses Jahr aus einer Woche Terschelling, ein paar Tagen in der Weltstadt Eindhoven und einer Woche Holzschuhlaufen auf dem Bauernhof von Jonas' Eltern in Limburg und ansonsten nur aus Stress und Staub und Babysitten.

Vor einer Woche sind wir in das Haus neben Herrn Rosettis Blumenladen gezogen. Unsere Wohnung liegt im Obergeschoss und ist kleiner als die letzte, aber dafür sehr gemütlich. Es gibt schöne alte Stuckdecken und Sprossenfenster. Nur mein Zimmer ist mini-mini-klein, nicht viel größer als eine Sardinenbüchse. Mein Bett passt gerade so rein, mein Schreibtisch steht daneben, und dann ist noch ungefähr ein Quadratmeter übrig. Aber immerhin habe ich einen schönen Ausblick auf die Gracht. Na ja. Nicht, dass ich da viel sehen würde, direkt vor meinem Fenster steht ein Baum. Mit Familie Taube bin ich schon ganz dicke. Nee, Quatsch. Die machen morgens um fünf einen Krawall, dass dir Hören und Sehen vergeht. Manchmal möchte ich ihnen wirklich den Hals rumdrehen.

Die Wohnung im Erdgeschoss gehört auch uns, und meine Mutter und Herr Rosetti sind jetzt dabei, einen Durchbruch zum Blumenladen nebenan zu machen. Der Staub sitzt überall. In meinen Haaren, meinen Ohren, meinem Computer, meinem Telefon und meinem Gehirn. Ich kann kaum noch denken (das konnte ich schon vorher nicht besonders gut). Eigentlich sollte der neue Laden/ Lunchroom übermorgen eröffnet werden, aber das wird nichts. Alles geht viel langsamer, als sie es sich vorgestellt haben. Stress!
Punkt 2: Meine Mutter will den Durchbruch. Nicht als Schauspielerin, Schriftstellerin oder Sängerin, sondern durch die Wand zwischen der Wohnung von Herrn Rosetti und unserer Wohnung, sodass im ersten Stock eine große Wohnung entsteht. Sie will, dass wir zusammenziehen. Ich glaube allerdings, dass Makkaroni das nicht will. Und ich auch nicht, so nett er auch ist. Stiefväter machen einfach zu viele Schwierigkeiten. Wenn die Sache zwischen den beiden schiefgehen sollte, wäre zumindest noch eine Wand zwischen uns. Sonst müssten wir dann zum dreißigtausendsten Mal umziehen und dazu habe ich überhaupt keine Lust, wie du vielleicht nachvollziehen kannst. Ich finde es echt total blöd von meiner Mutter, dass sie mich mal wieder nicht in ihre Pläne einbezogen hat. Nur ihn.
Damit kommen wir zu Punkt 4: Noa und Saskia wohnen jetzt zusammen – im Dachgeschoss von Herrn Rosettis Haus. Sie haben es sehr gemütlich. Es sind zwei Zimmer, in der Mitte liegt ein Bad mit WC. Die Zimmer haben

Dachschrägen mit vielen Balken (es gibt keine Spinnweben, Herr Pasta ist sehr ordentlich!). Sie müssen nicht mal Miete bezahlen! Irre nett von ihm.
Und dann Punkt 1 (tolle Reihenfolge, oder?): Nose ist vorgestern nach Rotterdam gezogen. Er wohnt dort in einem Mülleimer! Nein, Quatsch, in einem Container. In so einer großen Eisenbox, in der man normalerweise Güter transportiert. Die hat man zu einer Wohnung umgebaut. Ich wusste auch nicht, dass es so etwas gibt, aber man macht das, weil die Wohnungen so knapp sind. Ich fahre am Wochenende hin. Bin sehr gespannt, wie es da aussieht. Wir wollten eigentlich zusammen auf Zimmersuche gehen, aber letzten Endes fand Nose die Idee doch nicht so gut. Für die meisten Zimmer in Studenten-WGs muss man nämlich „vorsingen". Das bedeutet, dass man dort antanzt und von den Bewohnern begutachtet wird. Und dann ist es blöd, wenn man die Freundin mitschleppt, fand Nose. Er wurde trotzdem bei keinem einzigen Vorsingen ausgewählt (es kommen jedes Mal so zwanzig bis dreißig Bewerber). Dann hat er im letzten Moment (sein Semester beginnt schon nächste Woche) über Julia (die war in Groningen in seiner Klasse und geht auch auf die Kunstakademie) eine Containerwohnung ergattert. Ich finde es total spannend, dass er jetzt alleine wohnt, und stelle mir die ganze Zeit vor, wie es sein wird: dass wir es uns gemütlich machen, Kerzen anzünden, richtig romantisch. Dass wir essen, was wir wollen, unternehmen, was wir wollen … Nur wir beide! Aber gleichzeitig finde ich diese Vorstel-

lung auch ein bisschen unheimlich. Nose und ich haben ja immer noch nicht miteinander geschlafen und ich weiß nicht, ob ich das schon will …
Von der Midlife-Crisis meines Vaters erzähle ich dir später, ich muss jetzt die Zwerge vom Kindergarten abholen.

Viele Staubwolken von deiner Freundin Rosa

PS: Bei einer Midlife-Crisis denkt man in der Mitte seines Lebens plötzlich: War das jetzt alles? Geht das jetzt bis zur Rente so weiter? Laaangweilig!! Und dann reißt man das Ruder noch mal rum und macht irgendwas Durchgeknalltes. Zum Beispiel den Job kündigen oder nach Suriname (Südamerika) auswandern und dort in einem Haus im Busch wohnen.
PPS: Als meine Mutter mir erklärt hat, was eine Midlife-Crisis ist, habe ich mich fast mit ihr gezofft, weil ich gesagt habe, dass Herr Spaghetti und der neue Laden dann die Folge *ihrer* Midlife-Crisis sind. Haha!
PPPS: Ob wir später auch so eine Krise kriegen?

„Wann fährst du zu Nose, Rosa?“ Rosas Mutter hebt eine Nudel auf, die Abel heruntergefallen ist. Herr Rosetti wischt kommentarlos mit seiner Serviette die Soße vom Boden.

„Morgen“, antwortet Rosa mit vollem Mund.

„Und wann kommst du wieder?“

„Hmm … am Sonntag oder vielleicht am Montag. Die Schule geht erst am Dienstag wieder los.“

„Du schläfst also bei ihm?“

Rosa errötet. „Nein, ich bleibe die ganze Nacht wach, einverstanden?“

Rosas Mutter nimmt ihre Hand. „Rosa, ich habe kein Problem damit, aber ich möchte gerne kurz mit dir darüber reden …“

„Mama, jetzt sei nicht albern!“ Wütend zieht Rosa ihre Hand zurück. „Du brauchst mich nicht aufzuklären.“

„Aber Rosa …“

„Und noch dazu beim Essen! Ich weiß schon, was ich tue.“

Saskia, die neben Jade sitzt, kichert. „Soll ich dir ein paar Kondome geben, Rosa?“

Rosa wirft ihr einen wütenden Blick zu und steht auf. „Ich gehe wieder nach nebenan.“

„Halt, Rosa, du vergisst den Abwasch“, sagt ihre Mutter. „Macht ihr das eben zusammen? Wir haben unten noch ein paar Stunden zu tun. Und behaltet bitte Abel ein bisschen im Auge.“

„Grr … ich bin hier bloß der Sklave.“ Rosa knallt eine Pfanne auf die Spüle. „Rosa, tu dies, Rosa, tu das. Rosa, pass auf Abelchen auf … und dann will sie mich auch noch aufklären, wenn alle dabei sind!“

„Ich fände es schön, wenn meine Mutter mit mir über solche Sachen reden würde. Und so viel musst du auch wieder nicht tun. Ich musste zu Hause viel mehr machen“, sagt Noa. „Geh du mal, ich mach den Abwasch schon.“

„Nein, Quatsch, wir machen das zusammen.“ Rosa stapelt die Teller aufeinander und sieht Saskia an, die am Tisch sitzt und in einer Zeitschrift blättert. „*Zusammen*, Saskia!“

„Ja, gleich“, sagt sie, ohne aufzusehen.

„Du bist lustig, gleich sind wir fertig.“

„Jetzt lass gut sein, Rosa“, sagt Noa. „So viel ist es doch nicht.“

Saskia füllt ihr Wasserglas randvoll mit Wein.

„Saskia!“, ruft Rosa entsetzt. „Das ist doch nicht dein Wein!“

„Ach, komm, das darf ich doch bestimmt.“

Saskia steht auf und lässt sich aufs Sofa plumpsen, sodass Wein aus dem Glas schwappt. Rosa verdreht die Augen.

„Nein, Abel, nicht!“ Rosa hastet zu Abel, der kurz davor ist, die weiße Wand mit einem Stift zu bemalen. Sie nimmt ihm den Stift ab und legt ihn auf einen Schrank.

Mit enttäuschtem Gesicht versucht Abel nun auf Saskias Schoß zu klettern.

„Nein, Abel, ich muss einen Moment verdauen“, sagt Saskia. Sie schiebt den Kleinen weg und sinkt in die Kissen.

„Verdauen? Du hast doch so gut wie nichts gegessen!“, sagt Rosa.

„Mann, hör auf, mich andauernd zu kontrollieren“, antwortet Saskia verärgert und trinkt einen großen Schluck Wein.

„Dann kümmere dich wenigstens einen Moment um die Kinder. Und meiner Meinung nach hat deine Tochter die Windel voll.“ Rosa hebt Jade aus dem Hochstuhl und setzt sie Saskia auf den Schoß.

Saskia stöhnt und schnuppert an Jades Hose. Mit gerümpfter Nase stellt sie Jade auf den Boden. „Ich mache das gleich."

Rosa öffnet den Mund, um etwas zu erwidern, aber Noa stupst sie am Arm.

„Lass sie doch", flüstert Noa. „Sie hat einfach schlechte Laune. Das geht schon wieder vorbei."

Rosa verzieht das Gesicht. „Glaubst du?"

„Ganz sicher." Noa schrubbt eine Pfanne sauber und reicht sie Rosa zum Abtrocknen.

„Seid ihr oben eigentlich schon mit allem fertig?", fragt Rosa.

„Ich schon", antwortet Noa. „Ich habe nur wenig Zeug. Saskia ist noch beim Einräumen."

Rosa blickt Noa prüfend an. „Warum guckst du denn so komisch? Gefällt es dir nicht, dass du bei Tortelloni auf dem Dachboden wohnen darfst?"

„Doch, sehr."

„Sei doch froh, dass du nicht mehr bei mir im Zimmer schlafen musst. Das ist so klein, da müsstest du unter meinem Bett liegen."

„Ich bin echt superdankbar. Ihr tut alle so viel für mich, aber das ist es ja gerade …"

„Wieso?"

„Ich will euch nicht zur Last fallen. Ich habe das Gefühl, zu schmarotzen."

„Jetzt spinn nicht rum, das stimmt doch gar nicht."

„Ich möchte Herrn Rosetti Miete zahlen, von dem Geld, das ich in der Imbissbude verdiene, aber er will es nicht."

„Ist doch super!", ruft Saskia vom Sofa aus. „Ich an deiner

Stelle wäre froh. Im Gegensatz zu dir muss ich vier Tage die Woche bei ihm dafür schuften, dass ich hier wohnen darf."

„Aber dafür kriegst du ja auch noch Lohn", sagt Rosa. „Wie viel eigentlich?"

„Hundert."

„Im Monat?"

„In der Woche."

„Wow, das ist viel! Und dann bekommst du auch noch Geld vom Sozialamt!"

„Ja, aber das wird jetzt vielleicht gekürzt. Deine Mutter regelt das für mich. Ich finde hundert Euro wenig. Im Pink Lagoon habe ich viel mehr verdient. Und Blumen zu verkaufen ist langweilig."

„Undankbare Nuss", sagt Rosa halb im Spaß, halb im Ernst.

„Nölsuse." Saskia streckt ihr die Zunge raus, steht auf und gießt sich den letzten Rest aus der Weinflasche ins Glas.

„Saufnase."

„Jetzt hört doch mal auf mit dem Rumgezicke. Was bringt denn das?" Noa geht zum Küchenfenster und schaut hinaus. „Nächste Woche hat mein kleiner Bruder Geburtstag. Er wird vier."

Rosa stellt sich neben sie und legt Noa den Arm um die Schulter. „Vielleicht solltest du noch mal versuchen, mit deinen Eltern Kontakt aufzunehmen. Wer weiß, vielleicht klappt es ja jetzt."

„Das traue ich mich nicht."

„Ich würde es auch nicht versuchen", meldet sich Saskia zu Wort. „Es hat sowieso keinen Sinn."

Rosa dreht sich um. „Du bist ja sehr optimistisch, Saskia. Und das mit den Kondomen vorhin beim Essen war übrigens nicht lustig. So was sagt man doch nicht!"

Saskia grinst. „Ich schon."

„Was ist bloß los mit dir?", fragt Rosa. „Warum bist du so eklig?"

„So bin ich halt", sagt Saskia mit ausdruckslosem Gesicht. Sie legt die Füße auf den Tisch und stellt den Fernseher an.

Super, saugut, spitzenmäßig?

Jonas: Hi, Rosie!

Rosardine: Hi, Joni-Poni!

Rosa klickt das Webcam-Icon an ihrem Computer an. Jonas' Bild erscheint. Er trägt einen gestreiften Schal und sieht bedrückt aus.

Jonas: Wie läuft es in Rosaland?

Rosardine: Geht schon. Ich bin dabei, meine Sardinenbüchse vollzustopfen.

Jonas: Sardinenbüchse?

Rosardine: Mein Zimmer ist mikroskopisch klein. Guck mal ...

Rosa löst die Webcam und macht einen Schwenk durchs Zimmer.

Jonas: Ich sehe nicht viel. Wände.
Rosardine: Genau, haha.
Jonas: Ach, daher dein neuer Chatname. Guter Witz. Ist euer Umzug schon komplett über die Bühne?
Rosardine: Noch nicht ganz. Es steckt noch eine Menge Zeug in Kartons. Und wir essen jeden Tag bei Rosetti, weil wir noch keinen Herd haben.
Jonas: Er kocht doch super, oder?
Rosardine: Ja, absolut, viel besser als meine Mutter.
Jonas: Dann habt ihr doch richtig Glück. Geht der Ladenumbau denn gut voran?
Rosardine: Nein, überhaupt nicht. In der Wand zwischen den beiden Häusern ist ein riesiges Loch und es wird lauter Zeug hin und her geschleppt.
Jonas: Hat der Blumenladen ganz normal geöffnet?
Rosardine: Ja, aber die Blumen und Pflanzen sind komplett eingestaubt. Alle sind total gestresst, meine Mutter kommt mir vor wie ein durchgedrehter Grashüpfer. Die vielen Handwerker, für die sie die ganze Zeit Kaffee kochen muss, machen sie ganz verrückt.
Jonas: Aber zwischen ihr und dem Zirkusdirektor ist noch alles in Ordnung?
Rosardine: Ja, Wunder über Wunder. Ravioli ist nicht aus der Ruhe zu bringen. Er lacht über alles.
Jonas: Mister Makkaroni, der italienische Supermann mit Schnurrbart!
Rosardine: ☺ Wie geht es dir?
Jonas: SSS
Rosardine: Super, saugut, spitzenmäßig?

Jonas: Nein, schlecht, schlechter, sauschlecht!
Rosardine: Echt?
Jonas: Wie sehe ich aus?

Er beugt sich zur Kameralinse vor und zieht eine Grimasse.

Rosardine: Wie ein süßer Typ aus Limburg.
Jonas: Labertasche.
Rosardine: Herzlichen Dank. Also, was ist los?
Jonas: Ich hasse Limburg, ich ersticke hier.
Rosardine: Warum?
Jonas: Ich habe heute Vormittag diesen Schal getragen.
Rosardine: Ja und? War er zu eng?
Jonas: Scherzkeks.
Rosardine: Was für schöne Komplimente du mir heute machst!
Jonas: Ich habe ihn mir letzte Woche gekauft und heute habe ich ihn in der Schule angehabt.
Rosardine: Ja und?
Jonas: Rosa, sag mal ehrlich, sieht man es mir an?

Jonas setzt sich aufrecht hin, zupft seinen Schal zurecht und blickt angespannt in die Kamera. Rosa nickt ernst.

Rosardine: Ja ... jetzt, wo du es sagst! Aber kein Grund zur Panik, ich kenne einen guten Schönheitschirurgen, der kann Wunder vollbringen.

Jonas lacht und streckt die Zunge raus.

Jonas: Jetzt mal im Ernst. Sieht man, dass ich auf Jungs stehe?
Rosardine: Nein, du Pflaume, natürlich kann man das nicht sehen.
Jonas: Aber als ich über den Schulhof gelaufen bin, hat mir eine Gruppe Jungs hinterhergerufen: He, Süßer, schicker Schal! Willst du mit mir ausgehen? Und dann sind sie in lautes Gelächter ausgebrochen.
Rosardine: Und dann?
Jonas: Bin ich hysterisch heulend nach Hause gelaufen.
Rosardine: Echt?
Jonas: Natürlich nicht. Aber ich habe den Schal abgenommen.
Rosardine: Weichei!
Jonas: Soll ich mich etwa auslachen lassen?
Rosardine: Nein, das ist echt bescheuert. „Süßer" ist übrigens kein Schimpfwort.
Jonas: Für diese Vollidioten schon. Und ich habe echt darüber nachgedacht, mich in der Schule zu outen! Das ist das Letzte, was ich tun werde. Stell dir mal vor, was die machen würden, wenn sie auch noch wüssten, dass ich Gedichte schreibe! Dann wäre ich der Obertrottel der ganzen Schule.
Rosardine: Ist es wirklich so schlimm?
Jonas: Ja, eigentlich noch viel schlimmer. Das ist alles so ungerecht. Nose wohnt schon alleine, du machst Abschlussprüfungen und ich, ich muss noch drei Jahre zur Schule. DREI JAHRE! Das ist eine Ewigkeit.
Rosardine: Im Übertreiben bist du jedenfalls gut.

Jonas: Drei Jahre!!! In diesem Kaff eingesperrt! Das Spannendste, was es hier gibt, ist eine entlaufene Kuh oder eine Fliege, die gegen das Fenster knallt. Ich habe keine richtigen Freunde außer dir und du wohnst unendlich weit weg. Meine Eltern sind uralt und verstehen mich nicht. Ich hasse mein Leben.

Rosardine: Dann musst du irgendwas daran ändern.

Jonas: Ja, aber was? Abhauen? Soll ich auch auf eurem Dachboden einziehen, in das Auffanglager für gestrandete Mädchen?

Rosardine: Ja, wäre doch schön! Ansonsten hätte ich auch noch Platz unter meinem Bett. ☺

Jonas: Und meine Mutter nörgelt den ganzen Tag an mir rum: Jonas, unternimm doch was, Jonas, lade mal jemanden nach Hause ein, Jonas, sitz nicht den ganzen Tag am Computer.

Rosardine: Hockst du denn so viel vor der Kiste?

Jonas: Geht so.

Rosardine: Und was machst du da die ganze Zeit?

Jonas: Nichts Besonderes, spielen.

Rosardine: Und Granito?

Jonas: Hab schon seit Wochen nichts mehr von ihm gehört. Und selbst wenn, das bringt doch sowieso alles nichts. Er wohnt in Amsterdam, viel zu weit weg von mir.

Rosardine: Wie überlebe ich auf dem Land?

Jonas: Gar nicht!!!

Rosardine: Tiiiief durchatmen, Jonas.

Jonas: GRRRRRR!

Rosardine: Schreibst du noch Gedichte?

Jonas: Selten. Ich habe einfach zu gar nichts Lust.
Rosardine: Klingt, als seiest du echt ziemlich down. Ich schick dir Survival-Tipps.
Jonas: Cool.
Rosardine: Ich fahre morgen zu Nosie nach Rotterdam, ich freue mich wie verrückt! Ich bin tierisch neugierig auf sein Zimmer. Ich werde ihm helfen, es gemütlich einzurichten, und wir werden zusammen kochen und abends können wir so lange wegbleiben, wie wir wollen, und einen Haufen Chipstüten nacheinander leerfuttern und einfach nur tun und lassen, wozu wir Lust haben.
Jonas: Hör auf! Das will ich überhaupt nicht hören! Dann geht's mir ja nur noch schlechter.
Rosardine: Tut mir leid, Joni, ich bin echt ein Tollpatsch. Aber ich freue mich einfach so darauf.
Jonas: Ich wünschte, ich könnte auch ausziehen.
Rosardine: Hab noch etwas Geduld, Joni-Poni. Und einen großen Trost gibt es.
Jonas: Häh?
Rosardine: Mich. Ich hab dich lieb. Wie verrückt.
Jonas: Ja, ja. Ich dich auch. Aber trotzdem bin ich in dieser Limburg-Hölle gefangen.
Rosardine: Jonas, du hast einfach gerade ein Tief. Iss mal ein Stück Schokolade. Oder geh kurz duschen, mir hilft das immer.
Jonas: Ja, das wird sicher alle meine Probleme lösen.
Rosardine: Das vielleicht nicht, aber du fühlst dich dann vielleicht ein bisschen besser.
Jonas: GTG!

Rosardine: Gefährlicher tanzender Großelch?
Jonas: Du hast echt eine blühende Fantasie. GTG bedeutet: Got to go!
Rosardine: Und wieder was dazugelernt. Was hast du denn vor?
Jonas: Ich habe ein Raid mit meinem Clan.
Rosardine: Ein Raid? Heißt das nicht „Überfall"? Mit deinem Clan? Gehst du mit den Bauern im Wald auf Kaninchenjagd oder so?
Jonas: Nee, ich spiele ein Computerspiel.
Rosardine: Was ist das für ein Spiel?
Jonas: WoW: World of Warcraft. Aber ich muss jetzt echt gehen, die warten auf mich. Tschüss!
Rosardine: Na dann auch tschüss!

„Mama, wo bist du? Abel braucht dich. Mama?"

Rosa steigt über einen Stapel Ziegelsteine und stolpert fast über ein Kabel, das aus dem Boden herausragt. In der Ecke des Raums steht eine Baulampe. Alles ist sehr staubig und Rosa muss ein paarmal hintereinander niesen. Sie geht zum Loch in der Wand. Von der anderen Seite her klingt Musik. Sie schiebt das Laken, das vor dem Durchbruch hängt, weg und späht in den Raum dahinter. Rosas Mutter und Herr Rosetti tanzen. Rosa kichert, klettert unbemerkt durch die Öffnung und versteckt sich hinter der Ladentheke.

Herr Rosetti und ihre Mutter schweben im Takt einer italienischen Oper durch den Laden. Es ist ein ulkiger Anblick: Rosas Mutter schlank, blond und groß, und Herr Rosetti klein und mollig, eine Schürze um den runden Bauch gebunden. Rosa presst sich die Hand vor den Mund, um ein Lachen zu unterdrücken.

Gerade als sie aufstehen will, löst sich ihre Mutter von Rosetti, geht zu einem Eimer mit roten Rosen und zieht eine heraus.

Rosas Mutter sinkt vor Herrn Rosetti auf die Knie. Sie sieht lachend und mit roten Wangen zu ihm auf. „Enrico, *amore mio*, möchtest du mich heiraten?"

Wieder schlägt sich Rosa die Hand vor den Mund, dieses Mal, um einen Schrei zurückzuhalten.

Herr Rosetti steht stocksteif da. Er kichert verlegen und nimmt die Blume entgegen.

„*Carruccia* ..."

„Ich meine es ernst, mein Liebling. Möchtest du mich heiraten?", fragt Rosas Mutter noch einmal.

Herr Rosetti zieht sie hoch, umarmt sie und flüstert ihr etwas ins Ohr.

Rosas Mutter weicht zurück und ruft bestürzt: „Aber warum denn nicht?"

Rosa taucht noch tiefer hinter der Theke ab. Sie kann Rosettis Antwort über die Musik hinweg nicht verstehen.

„Aber Enrico! Ich habe dich doch nicht *irgendwas* gefragt! Ich habe noch nie in meinem Leben um die Hand eines Mannes angehalten. Oh, wie konnte ich nur so dumm sein?", hört Rosa ihre Mutter rufen. Ihre Stimme klingt jetzt sehr nahe und sie hört ihre Absätze lautstark über die Fliesen klackern.

„Mist, verdammt, ich muss hier weg", murmelt Rosa und kriecht rückwärts in Richtung Mauerloch.

Willkommen in der Legebatterie!

Rosa bleibt der Mund offen stehen, als sie die Fassade des Hauses hinaufblickt. „Wow! Das sieht ja aus wie ein Mehrfamilienhaus, so hatte ich es mir absolut nicht vorgestellt!“

Nose grinst. „Eher wie ein Hühnerstall, meinst du wohl!“ Er zieht Rosa an sich und gibt ihr einen Kuss in den Nacken.

Die beiden stehen vorm Eingang des Gebäudes. Wie Legosteine sind die Container aufeinandergestapelt und zu vier Blocks gruppiert. Jeder Container hat einen Balkon, nur die Wohnungen im Erdgeschoss haben keinen. Zwischen den Containern stehen Fahrradständer, Mülleimer, Grills, Bänke und Campingstühle herum. In einem der Vorgärten thront ein geschmückter Weihnachtsbaum ohne Nadeln. Ein anderer Garten ist mit Bierkästen vollgestellt und im Garten nebenan steht ein altes Ledersofa mit einem Fernseher davor.

„Ich wohne in diesem Block“, sagt Nose. „Glaube ich zumindest. Wir nehmen diese Treppe.“

„Hier herrscht ein ganz schönes Chaos", sagt Rosa und steigt über drei Müllsäcke und ein Fahrrad ohne Räder.

„Ja, was erwartest du, hier wohnen schließlich nur Studenten." Nose zeigt auf das Ende des Blocks. „Guck, da gibt's eine Pommesbude und einen Supermarkt. Gegenüber befinden sich ein Waschsalon und ein Copyshop. Voll praktisch."

„Die Häuser sehen ja alle gleich aus", sagt Rosa. „Vielleicht musst du mal die Graffitidosen zücken. Zur besseren Orientierung."

„Gute Idee. Graffitiwegweiser! Gestern bin ich aus Versehen in einen falschen Container gegangen, ich war eine Etage zu tief. Ich habe mich deshalb halb tot geschämt."

„War denn jemand da?"

„Ja, ein sehr hübsches Mädchen, es kam gerade nackt aus der Dusche."

Rosa sieht ihn ungläubig an. „Echt?"

„Ja", sagt Nose mit ernstem Gesicht. „Und sie hat sich in meine Arme geworfen."

Rosa boxt ihn lachend gegen die Schulter. „Ja, träum weiter."

Nose umarmt sie und flüstert ihr ins Ohr: „Ich träume davon, dich nackt in meinen Armen zu halten."

Rosa schiebt ihn von sich weg.

„Was ist?", fragt Nose. „Habe ich was Falsches gesagt?"

„Nein, aber …", sagt Rosa mit rotem Kopf. „Schon gut. Hey, ich muss dir was erzählen. Ich habe gestern was ganz Komisches erlebt."

Sie nimmt Nose' Hand und zusammen steigen sie die Treppe hinauf.

„Erzähl“, sagt Nose und legt den Arm um sie.

„Meine Mutter hat Herrn Rosetti gefragt, ob er sie heiraten will.“

Nose bleibt stehen. „Echt? *Sie* hat *ihn* gefragt?“

Rosa nickt. „Ganz klassisch, kniend und mit einer roten Rose.“

Nose lacht. „Und?“

„Er hat Nein gesagt.“

„Ups. Wie blöd! Aber … warst du denn dabei?“

„Nicht mit Absicht. Ich habe meine Mutter gesucht, die beiden waren im Laden.“

„Oh, deine arme Mutter!“

„Ja. Und das Schlimmste war, dass sie mich entdeckt hat.“

Nose fängt an zu lachen. „Oje, Rosa! Und dann?“

„Na ja, sie hat hysterisch geschrien: ‚Rosa, was machst du denn hier?‘ Und dann ist sie heulend durch das Loch in der Wand geklettert und Herr Rosetti hinterher.“

„Wie grauenvoll! Und was hat Herr Rosetti dazu gesagt?“

„Nichts. Er hat mir nur einen verzweifelten Blick zugeworfen. Ich bin dann zu Noa und Saskia nach oben gegangen. Als ich gegen zwölf wieder runterkam, waren meine Mutter und Rosetti schon im Bett. Zum Glück.“

Nose schüttelt den Kopf. „Oh, oh, bei deiner Mutter herrscht aber immer Chaos.“

„Ja, und genau deshalb geht’s bei mir auch immer drunter und drüber!“

„Warum will er sie denn nicht heiraten? Er ist doch verrückt nach ihr.“

Rosa zuckt mit den Schultern. „Ja, und sie auch nach ihm. Ich weiß es nicht. Ist mir auch egal. Mama tut mir leid, aber ich bin nicht gerade heiß auf einen neuen Stiefvater."

Sie sind auf dem Treppenabsatz angekommen. Nose bleibt stehen und späht durch ein Fenster in die Wohnung. „Ich glaube, es ist hier … ach, nein, nebenan." Er macht sich am Schloss zu schaffen und öffnet die Tür. „Willkommen in meinem Palast, Mausekatze."

Rosa geht hinein und sieht sich um. Der Raum ist lang und schmal. Im vorderen Teil stehen ein kleiner Tisch mit zwei Stühlen und eine Miniküche. Nose' mit Graffiti besprühtes Fahrrad und ein Skateboard lehnen gegen einen hohen Stapel noch unausgepackter Kartons. Eine Wand ist mit einer riesigen Abbildung einer Berglandschaft tapeziert, über die ausgeschnittene Fotos geklebt sind.

„Hilfe!" Rosa schnüffelt und rümpft die Nase. „Was ist das für ein Geruch?"

„Ich schätze mal eine Mischung aus alter Pizza, Stinkesocken und Katzenpisse."

„Igitt! Katzenpisse?"

„Das Mädchen, von dem ich diesen Palast gemietet habe, hat eine Katze."

„Du hast das Zimmer von einem Mädchen gemietet?"

„Ja, habe ich dir das nicht erzählt? Sie heißt Birgit und ist eine Cousine von Julia, du weißt schon."

„Ja, das Mädchen aus deiner alten Schule, das mit dir zusammen studiert."

„Genau. Birgit hat Julia auch eine Wohnung besorgt. Jule hat ihre für länger, ich meine nur für sechs Monate."

„Sechs Monate?“

„Ja, ist nur zur Zwischenmiete. Solche Wohnungen haben immer eine megalange Warteliste. Ich habe echt tierisches Glück gehabt.“

„Und nach den sechs Monaten?“

„Ach, das werde ich dann sehen.“

„Und wo ist Birgit jetzt? Wohnt sie auch hier?“

„Nein, du Doofi, sie macht ein Praktikum in Island.“

„Hat sie ihre Katze mitgenommen?“

„Nein. Ich muss mich um sie kümmern, das ist der Deal.“

Rosa niest dreimal hintereinander und reibt sich die Augen.

„Wo ist sie denn?“

„Ich schätze mal, sie durchkämmt gerade das Haus nach leckeren Häppchen.“ Nose zieht Rosa hinter sich her. „Und hier befindet sich das luxuriöse Badezimmer … Marmorfußboden, goldene Wasserhähne, Whirlpool …“

Rosa drückt sich an ihm vorbei in das winzige Bad und sieht sich um. „Oh, wie praktisch: Du kannst gleichzeitig auf dem Klo sitzen und duschen!“ Sie hält sich die Nase zu.

„Ja, tut mir leid, ich muss hier mal putzen. Hatte noch keine Zeit dazu.“

Nose schiebt Rosa weiter.

„So, und das ist das Schlafzimmer, gleichzeitig Chill-out-Room.“

Auf der anderen Seite des Flurs geht ein weiteres Zimmer ab. Darin stehen ein altes Sofa, ein Doppelbett und ein Fernseher. Rosa zeigt mit angewidertem Gesicht auf die Matratze. „Ist das etwa Birgits Matratze?“

Nose nickt.

„Igitt, und darauf schläfst du?"

„Darauf schlafen *wir*!" Nose lässt sich aufs Bett fallen und zieht Rosa mit sich.

„Unsere erste gemeinsame Nacht ... ich freue mich so darauf. Du auch?"

Rosa gibt keine Antwort, sondern macht sich los und klettert aus dem Bett. Sie niest wieder.

„Ich glaube, ich bin allergisch."

„Doch hoffentlich nicht gegen mich?"

Rosa lacht. „Nein, Quatsch. Obwohl ... wann hast du eigentlich zum letzten Mal geduscht?"

„Erst vor einem Monat!", antwortet Nose mit beleidigtem Gesicht. „Ich bin blitzsauber!"

Lachend gibt Rosa ihm einen Kuss.

Nose steht auf und betrachtet das Bett. „Ich habe es frisch bezogen!"

„Vielleicht solltest du lieber eine neue Matratze kaufen."

„Dazu habe ich kein Geld. Ich bin doch kein reicher Ölscheich."

„Wie viel Miete musst du denn zahlen?" Rosa geht zum Fenster und öffnet es.

„Vierhundert im Monat."

„Vierhundert! Das ist viel."

„Na ja, es geht eigentlich. In Rotterdam sind die Zimmer einfach irre teuer. Und ich habe eine Wohnung ganz für mich

allein und es ist alles da: Töpfe, Teller, Besteck, der ganze Klimbim. Das ist echt purer Luxus! Ich war in Studentenwohnheimen, in denen du dir mit zehn anderen die Küche und das Bad teilen musstest. Du willst gar nicht wissen, wie es da aussah. Du würdest schreiend davonlaufen!“

„Das heißt … wir müssen eigentlich nichts mehr kaufen oder einrichten oder so?“

„Nein, alles da. Aber warum guckst du jetzt so traurig?“

„Weil … na ja, ich hatte mir das alles ein bisschen anders vorgestellt. Dass wir zusammen shoppen gehen, schöne Dinge einkaufen und dein Zimmer einrichten.“

„Aber das ist jetzt gar nicht nötig. Ist doch praktisch, oder?“

Rosa zuckt mit den Schultern. „Tja … bekommst du eigentlich Geld von deinen Eltern, oder wie läuft das?“

„Ich kriege gut dreihundert Euro Ausbildungsförderung und zweihundert Euro von meinen Eltern.“

„Du hast also hundert Euro zum Leben?“

Nose nickt. „Das sollte doch reichen, oder?“

„Keine Ahnung. Ich denke schon.“

Rosa lehnt sich aus dem Fenster und schaut auf die angrenzenden Balkons, auf denen sich jede Menge Gerümpel stapelt. Auf einmal gibt es einen Höllenlärm.

„Was ist das?“ Erschrocken macht Rosa einen Schritt zurück.

„Mein Nachbar, er ist auf dem Konservatorium. Er spielt Schlagzeug.“

Nose schließt das Fenster und macht eine hilflose Geste. „Es tut mir leid, dass es anders ist, als du es dir vorgestellt hast, Rosa.“

Rosa schlingt die Arme um ihn. „Aber nein, es ist alles völlig in Ordnung. Ich muss nur einfach erst mal einen Schalter umlegen. Ich bin ja schon froh, dass keine zehn anderen Jungs in der Küche rumhopsen."

„Oder nackt durch das Badezimmer springen!" Nose lacht. „Ich liebe dich, mein Blümchen."

„Ich dich auch, Großnase." Rosa reibt ihre Nase zärtlich an seiner. „Wir machen es uns hier einfach ganz gemütlich zusammen."

„Hallo!", ruft eine fröhliche Mädchenstimme. „Jemand zu Hause?"

Nose macht sich los und geht in den Flur.

„Hey, Jule!"

„Hi, Vince! Die Tür stand offen. Hier ist deine Katze, sie hat bei mir gehockt und meinen Käse aufgefressen."

„Vince?", murmelt Rosa. Sie wirft einen Blick in den Flur und sieht gerade noch, wie ein Mädchen mit blonden Rastalocken Nose einen Kuss auf die Wange drückt.

„Hey, hallo! Ich bin Julia." Sie geht auf Rosa zu und schüttelt ihr kräftig die Hand.

„Ich ... ich bin Rosa."

„Ja, das hab ich mir gedacht. Hab schon viel von dir gehört. Willkommen in der Legebatterie."

Rosa lacht angestrengt und Julia wendet sich wieder an Nose. „He, Vince, wir wollen heute Abend ein Lagerfeuer machen, kommst du auch?"

Dann sieht sie wieder zu Rosa. „Das ist immer ziemlich cool, manchmal sind Studenten vom Konservatorium dabei, die dann Musik machen. Getränke müsst ihr selbst mitbringen."

Unsicher blickt Rosa zu Nose.

Nose lacht. „Ja, super! Wann genau?"

„So gegen zehn. Tschaui, Vince, tschaui, Rosa, bis später." Julia hebt die Hand und ist verschwunden.

Nose grinst. „Das war also Julia."

„Tschaui, Vince, tschaui Rosa!", äfft Rosa Julia nach. „Sag mal, *Vince*, kannst du mir das mal erklären? Du hast doch gesagt, sie hätte gelbe Hasenzähne, O-Beine und einen Damenbart."

Nose geht auf Rosa zu und schließt sie in die Arme. „Das habe ich gesagt, um dich zu beruhigen. Aber mach dir keine Sorgen, Mausekatze, du bist die Allerschönste und die Allerliebste in der ganzen Legebatterie."

Esi in Love

Rosa: Hi, Esi, bist du noch wach?
Esi: Nein, du träumst von mir.
Rosa: Ahhh! Ein Albtraum!
Esi: Was machst du so spät noch am Computer, Rosilein? Es ist fast zwei Uhr!
Rosa: Ich tapeziere mein Zimmer.
Esi: Haha, guter Witz.
Rosa: Nein, ehrlich, guck doch!

Rosa richtet die Webcam auf die Wand hinter ihrem Bett.

Esi: Cool!
Rosa: Ja! Ich bastle mir meine eigene Tapete, aus ganz vielen Fotos und Schnipseln und Texten und Karten.
Esi: Super Idee! Eine Wand der Inspiration! Voll schön, so was will ich auch. Und deine Mutter hat nichts dagegen?

Rosa: Nö, wir wohnen doch sowieso in einer Art Ruine.
Esi: Echt? So schlimm?
Rosa: Nein, ich übertreibe, aber es gibt jede Menge zu tun. Streichen und so. Und meine Mutter will eine neue Küche, aber dafür ist jetzt kein Geld da. Der Laden geht vor. Also mache ich mich selbst ans Werk.
Esi: Und das um zwei Uhr nachts. ☺
Rosa: Ich konnte nicht schlafen und hab plötzlich einen kreativen Anfall bekommen. Nose und ich waren heute Nachmittag in der Stadt und sind da auf einen Laden gestoßen, in dem es ganz viel schönen Kleinkram gab, und da konnte ich mich nicht beherrschen.
Esi: In Rotterdam meinst du?
Rosa: Ja, echt eine tolle Stadt, ganz anders als Amsterdam. Viel moderner.
Esi: Wolltest du nicht eigentlich das ganze Wochenende bleiben?
Rosa: Ja, aber ich hab's mir dann doch wieder anders überlegt.
Esi: Hmm … hattet ihr Streit?
Rosa: Nein.
Esi: Brauchst du Survival-Tipps?
Rosa: Nein, ich survive prima.
Esi: Sag schon, Süße, ich sehe dir doch an der Nasenspitze an, dass irgendwas ist.

Rosa richtet die Kamera auf ein paar Babypuppen, die auf ihrem Schreibtisch liegen.

Rosa: Gut, oder? Sie haben nur 50 Cent gekostet. Vielleicht klebe ich sie auch an die Wand. Dann wird es eine dreidimensionale Tapete.

Esi: Ist das ein Hinweis? Bist du etwa schwanger?????
???????????!!!!!!!!

Rosa: Nein! Natürlich nicht.

Esi: Na komm, theoretisch wäre es doch möglich.

Rosa: Ja, aber praktisch nicht.

Esi: Wieso nicht?

Rosa: Na ja, weil Nose und ich noch nicht miteinander geschlafen haben.

Esi: Na ja, noch nicht … ☺ Ist das etwa das Problem?

Rosa: Quatsch! Es ist wirklich nichts, Pfarrerin Esther.

Esi: Warum bist du dann jetzt nicht bei Nose?

Rosa: Du bist echt eine Nervensäge! Vielleicht solltest du später mal Zimmermann werden.

Esi: Nein, Psychologin. Bis dahin übe ich an dir.

Rosa: Na toll! Ich bin nicht mehr in Rotterdam, weil Nose mit einer Katze in einem Müllcontainer wohnt und ich vermutlich allergisch bin.

Esi: Gegen Nose?

Rosa: Haha, das hat er auch gefragt. Ich glaube, gegen die Katze, du Dussel, und vielleicht auch gegen den Staub.

Esi: Und darum bist du nach Hause gefahren? Weil du ein paarmal niesen musstest?

Rosa: Ich hatte knallrote Augen, mein Hals hat gejuckt und ich habe mich halb totgeniest.

Esi: War es dort denn so dreckig?

Rosa: Ja, und wie! Wir haben den ganzen Nachmittag geschrubbt und gestaubsaugt.
Esi: Romantisch!
Rosa: Nicht wirklich. Ich hatte mir von dem Wochenende ein bisschen zu viel erhofft, fürchte ich.
Esi: Tja, hohe Erwartungen sind immer tückisch.
Rosa: Ja, war blöd von mir. Aber woher sollte ich das denn auch wissen? Ich hatte noch nie einen Freund mit einer eigenen Wohnung. Vielleicht ist es beim nächsten Mal schöner, wenn der Müllcontainer fertig eingerichtet und sauber ist.
Esi: Bestimmt, ich komme auch mal zu Besuch, stelle ich mir nett vor.
Rosa: Super! Sag mal, warum bist du eigentlich noch wach, du bist doch sonst immer schon um zehn im Bett?
Esi: Ich war verabredet.
Rosa: Echt? Das hast du mir gar nicht erzählt! Mit wem????
Esi: Mit einem Jungen.
Rosa: Ach, tatsächlich, ich dachte mit einem Kaninchen! MIT WEM?
Esi: Er heißt Willem.

Rosa schneidet eine Grimasse in die Kamera.

Rosa: Jau! Willilein!
Esi: Ja, das war klar. Sehr witzig.

Rosa beugt sich dichter zur Kamera.

Rosa: Mit dir ist irgendwas. Das sehe ich.

Esther streckt die Zunge raus und schielt in die Kamera.

Esi: Was denn?
Rosa: Du guckst wie ein Schaf und grinst so ulkig.
Du bist doch nicht etwa verliebt, oder?
Esi: Vielleicht.
Rosa: Juppijupp! Esi ist in love! Habt ihr euch geküsst?
Esi: Ja.
Rosa: Esiii!!! Und?
Esi: Eine glatte Eins.
Rosa. Wow! Wo, was, wann, wie? Erzähl mir alles!
Esi: Ich habe mir letzten Dienstag neue Turnschuhe gekauft, und er arbeitet in dem Laden, in dem ich war.
Rosa: Hat er dir heimlich die Füße gestreichelt oder so?
Esi: Nein, er hat sie geküsst, jetzt zufrieden?
Rosa: Deine Stinkefüße?
Esi: Rosa!
Rosa: Haha, aber ... wie ist es denn dann gelaufen?
Esi: Wer ist jetzt hier die Nervensäge?
Rosa: Ich bin keine Nervensäge, nur neugierig.
Esi: Jaja, du neugierige Tante. Wir kamen ins Gespräch und es hat gefunkt.
Rosa: Wow! Gratis-Schuhe! Für mich auch?
Esi: Nee, sicher nicht.

Rosa: ☹ Und, ist er nett?
Esi: Nein, er hat einen Bierbauch und Blähungen, okay?
Und er hat ein Holzbein und schielt.

Rosa: Sexy! Er trägt also nur einen Turnschuh?
Esi: Wie spitzfindig du am späten Abend sein kannst.
Rosa: Hast du ein Foto?
Esi: Nein.
Rosa: Dann mach mal schnell eins für die Jury.
Esi: Hör bloß auf! Mein Vater nervt auch schon die ganze Zeit rum.
Rosa: Wieso?
Esi: Er hat keinen Schulabschluss und wohnt schon alleine.
Rosa: Wie alt ist er denn?
Esi: Zweiundvierzig.
Rosa: Neeeein! Seit wann stehst du denn auf alte Knacker?
Esi: War'n Witz! Er ist vierundzwanzig. Passt doch, oder?
Rosa: Vierundzwanzig! Das ist uralt! Hat er schon einen Gehwagen oder kann er noch selber laufen?
Esi: Scherzkeks.

Rosa sieht in der Webcam, dass Esther wirklich verletzt ist.

Rosa: Tut mir leid.
Esi: Ich gehe schlafen.
Rosa: Bist du jetzt sauer?
Esi: Nein, einfach nur müde.
Rosa: Okay. Ich werde noch ein bisschen weiter tapezieren. Tschüssi!
Esi: Tschüss.

Rosa geht zum Fenster und öffnet es. Sie beugt sich hinaus und saugt die frische Nachtluft ein. In der Ferne schlägt der Westerturm zwei Uhr. Zwischen den Bäumen kann sie ein Stück von der Gracht und der Straße sehen. Mit quietschenden Reifen rast ein dunkelblaues Auto um die Ecke. Aus dem offenen Fenster schallen dröhnende Bässe herauf. Neugierig beugt sich Rosa weiter vor. Die Tür von Herrn Rosettis Laden öffnet sich und Saskia tritt heraus. Sie trägt einen kurzen Rock und ein Top und wackelt auf hohen Pumps zu dem Auto. Bevor Rosa ihr etwas zurufen kann, ist sie schon eingestiegen und weggefahren.

Rosa klettert durch das Loch, das die beiden Häuser verbindet, schleicht durch den Laden und drei Stockwerke hinauf. Im Haus von Herrn Rosetti herrscht eine ganz andere Atmosphäre als in ihrem. Es gibt viele Antiquitäten, Bilder und auf dem glänzenden Parkett liegen kostbare Teppiche. Alles steht ordentlich an seinem Platz, alles blitzt und blinkt und es riecht nach Bohnerwachs und Blumen. Rosa klopft an die Tür der Dachwohnung.

„Noa! Bist du noch wach?“

Auf der anderen Seite bleibt es still. Ganz vorsichtig öffnet Rosa die Tür und späht hinein. Die Badtür steht offen, und ein schmaler Lichtstrahl fällt ins Zimmer. Jade schläft in ihrem Gitterbettchen. Eine schwere Parfümwolke hängt in der Luft. Es ist sehr warm. Rosa geht auf Zehenspitzen zum Dachfenster und öffnet es.

Jade dreht sich um und seufzt dabei leise. Rosa beugt sich über sie, streicht ihr sanft über die Locken und schaut sich um. Was für ein Chaos! Überall fliegen Kleider und Spielsachen herum und neben Jades Bett liegt eine schmutzige Windel. Rosa stopft sie in den vollen Mülleimer, der neben dem Tisch steht. Dann schleicht sie zu Noa hinüber. Auf Noas Seite ist es sehr ordentlich. Sie schläft, ihre dunklen Haare liegen wie ein Schleier auf dem Kopfkissen.

„Noa“, flüstert Rosa.

Noa reagiert nicht.

„Noa!“ Rosa tritt an ihr Bett und tippt ihr auf den Rücken. Erschrocken schießt Noa hoch.

„Rosa! Was ist denn?“ Sie zieht sich zwei gelbe Ohrstöpsel aus den Ohren und knipst ihre Nachttischlampe an.

„Was machst du hier? Ich dachte, du bist in Rotterdam?“

Rosa schüttelt den Kopf und setzt sich auf die Bettkante.

„Ich wollte dann doch nicht so lange dortbleiben.“

„Warum?“ Noa reibt sich die Augen und schaut auf den Wecker neben ihrem Bett.

„Erzähl ich dir später. Wo ist Saskia hin?“, flüstert Rosa.

„Liegt sie nicht im Bett?“

„Nein, sie ist weggefahren.“

„Weggefahren? Woher weißt du das?“

„Ich habe aus dem Fenster geschaut und zufällig gesehen, wie sie von einem großen Auto abgeholt wurde.“

„Wann war das?“

„Vor einer Viertelstunde. Sie war total aufgebrezelt.“

„Oh Gott, mitten in der Nacht? Was hat sie bloß vor? Warum hat sie mir nicht Bescheid gesagt? Sie hat die ganze Zeit gesimst. Oh verdammt, und jetzt bin ich auch noch ganz alleine im Haus.“

„Mit Jade. Schläft Spaghetti drüben bei meiner Mutter?"

Noa nickt. „Ich glaube, sie hatten Streit, jedenfalls hat deine Mutter einen ziemlich beleidigten Eindruck gemacht. Aber ich glaube, sie haben sich wieder vertragen. Hast du sie nicht gesehen?"

„Nein, als ich nach Hause kam, waren sie schon im Bett. Zum Glück hatte ich meinen Schlüssel dabei und konnte heimlich nach oben schleichen."

„Warum bist du denn schon zurückgekommen? Ihr hattet doch nicht wieder Streit, oder?"

Rosas Gesicht verdüstert sich. „Nein, keinen Streit."

„Was dann?"

Rosa zuckt mit den Schultern. „Ich weiß nicht, ich hatte absolut keine Lust zu bleiben. Nose hat eine Katze in der Wohnung und ich musste die ganze Zeit niesen. Und dann war da so eine Studentenparty und alle haben gekifft und getrunken, und Nose hat mitgemacht."

Noa macht große Augen. „Nose kifft?"

„Nein, das nicht. Aber Bier hat er getrunken. Und dann war da dieses Mädchen, Julia ..."

„Die in Groningen in seiner Klasse war?"

Rosa nickt. „Nose hat mir erzählt, dass sie hässlich ist, aber sie ist total hübsch. Sie hat gekifft und die beiden haben die ganze Zeit zusammen gelacht und ... und ich habe mich ausgeschlossen gefühlt. Und ..."

„Und was?"

Rosa reibt sich die Augen. Dann schnuppert sie an ihren Fingern.

„Igitt, meine Hände riechen immer noch nach Chlor. Ich

bin echt hundemüde, ich habe den ganzen Nachmittag geschrubbt und gewienert und ein total dreckiges Klo geputzt."

Noa nimmt Rosas Hand. „Schlaf doch bei mir, das fände ich schön."

Seltsames Verhalten

Rosa wird von Jades Geschrei geweckt. Sie sieht auf den Wecker. Es ist erst halb sieben.

Noa schläft seelenruhig weiter, mit Ohrstöpseln.

Rosa stöhnt und gähnt. Dann schlüpft sie aus dem Bett. Jade versucht eifrig, aus ihrem Bettchen zu klettern. Saskias Bett ist immer noch leer.

Rosa kann die Kleine gerade noch rechtzeitig auffangen.

„Jade, kleines Äffchen, willst du flüchten?“

„Mama, Mama!“ Jade wirft Rosa strahlend ihre molligen braunen Ärmchen um den Hals.

„Ich bin nicht deine Mama, Jade. Ich bin Rosa. Ro-sa.“

„Sa!“, wiederholt Jade triumphierend. „Sasa.“

„Oh, bäh, was rieche ich denn da, hast du in die Hose gemacht? So was tut eine Dame doch nicht!“

Rosa geht mit ihr ins Badezimmer. „Du brauchst ein Bad, junges Fräulein.“ Sie stellt Jade in die Kinderbadewanne und zieht ihr mit angewidertem Gesicht die Windel aus.

„Puh, zum Glück bin ich einiges gewöhnt, kleine Knutschkugel. Oje, du hast ja einen total roten Po!“ Rosa knüllt die Windel zusammen und stopft sie in den Mülleimer.

„So, jetzt machen wir dich erst mal sauber und dann darfst du in die Wanne.“

Mit verschlafenem Gesicht erscheint Noa in der Tür. „Was machst du denn da?“

„Stinkewindeln wechseln“, sagt Rosa trocken.

„Mama!“, ruft Jade froh und streckt Noa die Arme entgegen.

„Sie hat die Lage noch nicht ganz durchschaut, wie mir scheint!“, sagt Rosa lachend. „Gestern hat sie sogar Abelchen Mama genannt.“

Lachend kniet sich Noa neben die Kinderbadewanne und streicht Jade über den Rücken.

„Ist Saskia etwa immer noch nicht da?“

„Nein. Ich bin von Jades Geschrei wach geworden. Sie wäre fast aus dem Bett geklettert.“

„Oh! Kann sie das schon? Gefährlich mit der offenen Treppe.“

„Ja, echt tückisch, wir müssen ein Gitter oder so davor machen.“

„Wo Saskia wohl steckt? Oje, hoffentlich ist ihr nichts passiert!“

Beunruhigt sieht Noa Rosa an, die auf dem Klodeckel sitzt.

„Ich versuche mal, sie anzurufen.“ Rosa holt ihr Handy und wählt Saskias Nummer. Im Zimmer nebenan klingelt ein Telefon.

Rosa drückt ihr Handy wieder aus. „Saskia hat ihr Handy liegen gelassen."

„Wie praktisch", sagt Noa und hebt Jade, die lautstark protestiert, aus der Wanne.

Rosa schüttelt den Kopf. „Saskia ist echt unmöglich."

Sie wirft noch einen Blick auf ihr Handy. Sie hat eine SMS von Nose.

Party war echt super. Bisschen spät geworden, war erst um sechs im Bett! Echt schade, dass du nicht bleiben konntest.
Ruf dich an, wenn ich ausgeschlafen habe. Alleine zu wohnen ist voll cool.
Love you XXXX Nose

„Ist was?", fragt Noa, die sieht, wie sich Rosas Miene verfinstert.

„Ach, nichts. SMS von Nose. Komm, wir gehen runter."

Nervös sieht Rosas Mutter auf die Uhr. „Es ist schon fast drei und sie ist immer noch nicht da! Ich rufe die Polizei an!"

Herr Rosetti legt ihr die Hand auf den Arm. „Warte noch eine halbe Stunde, *Tesoruccia*. Saskia ist ein großes Mädchen, die ist schon auf dem Hut."

„Auf der Hut", sagen Rosa und ihre Mutter gleichzeitig.

Noa geht zum Fenster.

„Manno, wie das schüttet. Es ist wie im Herbst. Wo Saskia wohl ist?"

„Blöd, dass sie ihr Handy nicht dabeihat", sagt Rosas

Mutter. „Wenn sie wieder da ist, werde ich wohl mal ein ernstes Wörtchen mit ihr reden müssen."

Abel liegt auf dem Boden und spielt mit seinem Legozug. Jade sitzt neben ihm und versucht, die Lok von den Schienen zu ziehen.

„Nein, Jade, nicht!", ruft Abel. „Lass das!"

Jade sieht ihn lachend an und greift erneut nach der Lok.

„Nein, Jade, nicht!" Abel gibt ihr einen Schubs, sodass sie nach hinten umfällt. Erschrocken beginnt Jade zu weinen.

„Abel, sei ein bisschen lieb zu ihr, sie möchte nur mit dir spielen." Rosa geht zu Jade und nimmt sie auf den Arm.

„Das ist mein Zug", sagt Abel wütend. „Jade ist böse."

„Mama!", ruft Jade. „Mama!"

„Ich rufe jetzt an", sagt Rosas Mutter und greift nach dem Telefon.

Genau in diesem Moment geht die Tür auf.

„Mama!", ruft Jade und versucht sich aus Rosas Armen zu befreien.

Saskia ist klitschnass. Sie ist barfuß und hält ihre Pumps in der Hand. „Hallo, alle miteinander. Was für ein Scheißwetter. Ich bin total durchgeweicht."

Rosas Mutter springt vom Sofa auf. „Saskia! Wo warst du? Wir haben uns schreckliche Sorgen gemacht! Wie kommst du bloß auf die Idee, einfach die ganze Nacht und den halben Tag wegzubleiben?"

Saskia reißt die Augen auf. „Was denn? Ich bin erwachsen! Ich kann selbst entscheiden, was ich tue."

Sie wirft ihre Schuhe auf den Boden, dreht sich um und geht die Treppe hoch.

Rosas Mutter stürzt ihr hinterher und packt sie am Arm. „Moment, junge Dame, so geht das nicht! Wenn du denkst, du seiest erwachsen, dann musst du dich auch entsprechend verhalten. Du bist uns eine Erklärung schuldig. Du hast einfach so deine Tochter alleine gelassen."

Saskia macht sich los. „Ich bin niemandem eine Erklärung schuldig! Noa war doch da!"

„Aber du hattest mich nicht gefragt", sagt Noa schüchtern.

„Nein, weil du schon geschlafen hast."

Rosas Mutter beugt sich zu Saskia vor und schnüffelt.

„Du riechst nach Alkohol."

Saskia tritt mit wütendem Gesicht einen Schritt zurück. „Misch dich da bloß nicht ein! Ich war in der Disco, ist das vielleicht verboten?"

Herr Rosetti steht auf.

„Saskia, ich möchte nicht, dass du so mit Heleen sprichst. Das ist respektlos. Du wohnst in meinem Haus und du bist hier von Herzen willkommen, aber es wäre schön, wenn du Bescheid sagst, wenn du nicht nach Hause kommst. Sonst machen wir uns Sorgen."

„Das ist aber total überflüssig. Ich sorge seit Ewigkeiten alleine für mich. Ich komme schon klar."

Jade wackelt auf Saskia zu. „Mama, Mama!", ruft sie und klammert sich an ihre Beine. Saskia macht ihre Arme los. „Mama ist müde, Schätzchen, Mama legt sich ein bisschen hin, nachher spiele ich mit dir, ja?"

Ohne ein weiteres Wort geht sie aus dem Zimmer, die Treppe hinauf.

GTG

Von: Rosa van Dijk <rosa_vandijk@hotmail.com>
Gesendet: Montag, 31. August 20:05
An: Jonas de Leeuw <jdl@xs22.nl>
Betreff: Wie überleben wir?

Hi, Jonibär!
Mist. Die Ferien sind so schnell rumgegangen. Ich hab null Bock auf Schule. Mein letztes Schuljahr, seltsame Vorstellung. Das Verrückte daran ist: Wenn man mittendrin steckt, scheint es endlos zu dauern, aber wenn man zurückblickt, ist die Zeit nur so verflogen. Ob einem das ganze Leben total kurz vorkommt, wenn man erst mal alt ist?
Du schuftest schon seit zwei Wochen wieder. Was macht dein Schal? Geht es dir wieder besser?
Hier kommen ein paar Survival-Tipps:

Survival-Tipps für Depri-Anfälle

1. Bleib in Bewegung! Sowohl körperlich als auch geistig (also nicht die ganze Zeit dieselben düsteren Gedanken denken und nicht die ganze Zeit faul auf deinem Hinterteil vor dem Computer hocken).
2. Wie ich schon sagte: Iss Schokolade!
3. Besorg dir ein paar lustige Fernsehserien. Immer wenn du dich depri fühlst, rennst du zum Fernseher und legst eine Folge ein.
4. Mail deiner Lieblings-Rosa (anrufen, simsen, chatten und/oder vorbeikommen ist auch okay).
5. Lass den Kopf nicht hängen! Hinterm Horizont geht es weiter. Nach Regen kommt Sonnenschein usw.

Die Stimmung zu Hause ist voll mies. Saskia benimmt sich total komisch. Wir wissen nicht, was mit ihr los ist. Sie hätte heute Nachmittag im Laden arbeiten müssen, aber sie hat gesagt, dass sie sich nicht gut fühlt, und ist einfach im Bett geblieben. Kein Wunder: Samstagnacht ist sie nicht nach Hause gekommen und gestern Abend ist sie einfach wieder ausgegangen und war erst um fünf Uhr zurück. Sie will nicht sagen, wo sie hingeht. Meine Mutter ist stinksauer auf sie. Saskia veranstaltet ein Riesenchaos in Rosettis Haus, sie lässt einfach alles liegen und so weiter. Und sie kümmert sich auch überhaupt nicht gut um Jade. Manchmal ist sie sehr lieb zu ihr, aber das kann auch ganz schnell umschlagen und dann ist sie auf einmal total wütend. Da kriegt man richtig Mitleid mit der Kleinen. Ich mache mir ziemliche Sorgen, denn

wenn das so weitergeht, befürchte ich, dass Rosetti und Mama sie hochkant rausschmeißen. Und wo soll sie dann hin? Zurück in die alte Abrissbude?
Außerdem hat meine Mutter Makkaroni einen Heiratsantrag gemacht, und er hat ihn abgelehnt. Jetzt macht sie auf Eiskönigin und Ravioli läuft mit Trauermiene herum.
Mein Vater hat heute Abend angerufen. Er hat gefragt, ob ich nächstes Wochenende kommen will, aber da fahre ich zu Nosie. Ich glaube, Papa würde sein Leben gern noch mal so richtig auf den Kopf stellen, genau wie Mama. Was ist bloß mit denen los? Für ihn wäre es viel besser, eine ruhigere Kugel zu schieben, glaube ich. Er arbeitet immer noch viel zu hart für diese dämliche Werbeagentur, und dann kriegen sie auch noch ein Baby im Dezember. Und das, wo er schon einen Herzinfarkt hatte.
So, GTG! Nosie ist in MSN.
Tschüss, Joni, HDL!

XXXXXXXX Rosie

PS: Esi ist mit einem Greis zusammen! Er heißt Willem und ist vierundzwanzig!!

Nose: Hi, Rose-Zuckerdose.
Rosa: Tag, Herr Nosenase. Wie war dein erster Tag?
Nose: Hatte noch keine Lehrveranstaltung. Nur Kennenlernkrams und Stundenplanbesprechung und so.

Rosa: Gefällt dir die Akademie?
Nose: Ja, ist ganz anders als in der Schule.
Rosa: Wie denn?
Nose: Sehr künstlerisch.
Rosa: ☺ Cool.
Rosa: Apropos: Guck dir mal meine Tapete an!

Rosa zeigt ihre Wand, die schon wieder ein Stück weiter beklebt ist.

Nose: Cool! Vor allem die Puppen sind schrill. Du bist so kreativ, du musst echt auch auf die Akademie.
Rosa: Ja, das will ich auch.
Nose: Sag mal, kannst du deine Mutter nicht überreden?
Rosa: Wozu?
Nose: Dass du bei mir schlafen darfst natürlich!!
Rosa: Ich werde es versuchen, aber sie stellt sich da ziemlich an.
Nose: Aber in Groningen durftest du doch auch übernachten!
Rosa: Ja, aber das war was anderes.
Nose: Stimmt. Da haben uns noch meine Eltern bewacht. Aber eigentlich ist es Unsinn, wir können doch am Tag auch machen, was wir wollen …
Rosa: Ich werde sie noch mal fragen.
Nose: Ja, bitte, mach das!
Rosa: Hast du Julia mal wieder gesehen?
Nose: Ja natürlich, wir studieren doch fast das Gleiche. Wir fahren zusammen mit dem Fahrrad zur Hochschule.

Rosa: Oh.
Nose: Rosa, du bist jetzt aber nicht schon wieder eifersüchtig, oder? War das etwa der Grund dafür, dass du auf einmal wegwolltest?
Rosa: Nein, ich habe doch gesagt, dass ich nicht über Nacht bleiben durfte!
Nose: Ja, aber damit bist du ziemlich spät rausgerückt.
Rosa: Ich habe es dir doch erklärt: Ich wollte eigentlich trotzdem bleiben, aber dann habe ich mich nicht getraut.
Nose: Okay. Lass uns nicht streiten.
Rosa: Ich streite nicht! Ich komme am nächsten Wochenende wieder, ja?
Nose: Nein, das geht nicht, ich fahre am Freitag nach Hause.
Rosa: Nach Hause???
Nose: Ja, natürlich, nach Groningen, ich war schließlich dieses Wochenende nicht da. Sonst fängt meine Mutter an zu jammern, dass sie mich vermisst, und ich möchte auch gern meine Freunde treffen.
Rosa: Oh, ja, klar. Schade. Fährt Julia auch nach Hause?
Nose: Ja.
Rosa: Und fahrt ihr dann zusammen?
Nose: Ich schätze schon.
Rosa: Oh. Ach, ich kann eigentlich sowieso nicht, ich fahre am Samstag zu meinem Vater.
Nose: Was machen eigentlich seine Umzugspläne?
Rosa: Keine Ahnung. Das wird er mir dann sicher erzählen.
Nose: Will er wirklich nach Südamerika auswandern?

Rosa: Ich glaube, das ist bloß so ein Traum. Aber er will auf jeden Fall irgendwas an seinem Leben ändern.
Nose: Genau wie ich! Ich werde viel feiern und die Nächte durchmachen und jeden Tag Pommes essen. Und schöne Dinge mit dir machen. Zum Beispiel Sex haben, ohne gestört zu werden. ☺
Rosa: Ja. So … GTG.
Nose: ☺ Geheime, tiefsinnige Gedanken?
Rosa: Nein! Got to go!
Nose: Schade, aber okay, dann bis morgen, Mausekatze! XXXX
Rosa: Schlaf gut, Nosie.

Rosa stellt den Computer aus und wischt sich die Tränen vom Gesicht.

In Eindhoven

Jonas drückt Rosas Hand.

„Geht es?", fragt er besorgt.

Rosa nickt und reibt sich die Augen. „Ja, schon."

Sie sitzen auf dem Spielhaus im Garten von Rosas Vater.

„Aber du wusstest doch, dass er nach Südamerika auswandern will."

„Ich dachte, das wäre ein Witz. Ich konnte mir einfach nicht vorstellen, dass er das wirklich ernst meint. Ausgerechnet Suriname! Südamerika! Wie kommt er bloß auf so eine Idee?"

„Das hat er doch erklärt. Marieke hat dort einen Job angeboten bekommen und dein Vater nimmt sich ein Jahr Auszeit. Das ist doch nicht schlecht!"

„Aber Suriname ist am anderen Ende der Welt! Dann sehe ich ihn gar nicht mehr! An mich denken sie überhaupt nicht!"

„Und ob, dein Vater hat gesagt, dass er regelmäßig herfliegen wird und dass du in den Ferien zu ihm kommen kannst. Das ist doch super! Spannend! Ich fahre mit!“

„Aber wer will denn schon nach Suriname?“

„Ich habe mal eine Fernsehsendung darüber gesehen. Es ist ein sehr schönes Land. Urwald und Krokodile und Delfine. Und Riesenschildkröten und fette, giftige Spinnen.“

„Na danke, klingt echt verlockend.“

„Und es ist dort sehr warm und man spricht unsere Sprache, das macht es gleich viel einfacher.“

„Warum eröffnet er nicht einfach einen Campingplatz in der Heide oder notfalls einen Fahrradverleih an der Nordsee? Warum muss er so weit weggehen?“

„Ich kann das schon nachvollziehen. Er will eben einen Tapetenwechsel. Den hätte ich auch gerne, aber nein, ich sitze noch drei Jahre in dem verdammten Limburg fest.“

Rosa seufzt und drückt Jonas' Hand.

„Kopf hoch, Rosa, das klingt vielleicht im ersten Moment alles ganz schrecklich, aber eigentlich ist es das gar nicht. Ich finde, du hast abenteuerlustige Eltern. Meine sind zwei Fossilien, die schon seit hunderttausend Jahren am selben Ort wohnen und immer das Gleiche machen. Total langweilig!“

„Da hast du allerdings Recht. Langweilig sind meine Eltern nicht.“ Rosa seufzt noch einmal tief. „Ich muss das einfach erst mal verdauen. Und ich bin froh, dass Papa vorhat, mit seinem stressigen Job aufzuhören.“

„Apropos stressiger Job, wie war eigentlich deine erste Schulwoche?“, fragt Jonas.

„Es war schön, alle wiederzusehen und Ferienerlebnisse auszutauschen. Sonst ist alles wie immer.“

„Und wie geht es Nose? Gefällt es ihm in Rotterdam?"

„Ihm schon. Aber mir nicht."

„Warum?"

„Es ist anders, als ich es mir vorgestellt hatte."

„Wie denn?"

„Tja, ich hatte mich darauf gefreut, dass wir sein Zimmer zusammen einrichten, aber das war überhaupt nicht nötig. Er wohnt bei jemandem zur Zwischenmiete für sechs Monate, und er soll in dem Zimmer eigentlich nichts verändern. Und davon abgesehen ist es ziemlich dreckig."

„Das sind ja wohl alle Studentenbuden."

„Nose scheint der Dreck nicht mal zu stören!"

„Jungs stressen sich nun mal weniger wegen Chaos als Mädchen."

„Dein Zimmer ist aber immer extrem ordentlich und aufgeräumt."

Jonas lacht. „Ich bin ja auch kein normaler Junge."

Rosa grinst. „Das stimmt. Und dann ... Diese Julia, weißt du noch?"

Jonas nickt.

„Nose unternimmt ganz viel mit ihr. Das gefällt mir gar nicht."

Jonas kneift Rosa ins Bein. „Eifersüchtig, Röslein?"

„Ja. Wundert dich das?"

„Nein, ich verstehe das gut."

„Und ich dachte, ich würde ihn jetzt öfter sehen, aber daraus wird auch nichts. Er ist dieses Wochenende bei seinen Eltern."

„Will er jetzt jedes Wochenende nach Groningen fahren?"

„Keine Ahnung.“

„Hast du bei ihm übernachtet?“

„Nein. Ich hatte es eigentlich schon vor, aber …“

„Ja?“ Jonas versetzt Rosa einen freundschaftlichen Stoß.

„Ich … äh … ich … Nose will mit mir schlafen.“

„Und du willst das nicht?“

„Nein … noch nicht.“ Verlegen zwirbelt Rosa eine Haarsträhne um ihren Finger. „Ich grusele mich davor.“

„Du gruselst dich?“

„Ja. Weißt du, Jonas, ich glaube, ich bin nicht normal.“

Jonas sieht sie erstaunt an. „Wie kommst du denn darauf?“

„Ich habe diese Woche in der Pause mit ein paar Mädels zusammengesessen, die über ihre Ferienflirts geredet haben. Meine Güte … was die alle so machen ...“

„Echt?“

Rosa nickt. „Und dann haben sie mich gefragt, ob ich noch Jungfrau bin.“

„Und was hast du gesagt?“

„Die Wahrheit: Ja. Und da hat eine gesagt: Aber du hast doch schon ganz lange einen Freund, diesen Jungen aus Groningen. Und ich habe gesagt: Ja, schon seit zwei Jahren. Und da haben sie mich total ausgelacht.“

„Blöde Tussis, mach dir nichts draus.“ Jonas legt den Arm um Rosa. „Du bist ganz sicher nicht unnormal, Rosa. Vielleicht bist du nur einfach noch nicht so weit.“

 Rosa nickt. „Weißt du, Küssen finde ich schön und zusammen kuscheln auch. Und ein bisschen streicheln, aber weiter will ich einfach noch nicht gehen.“

Jonas lacht. Rosa schießt hoch und sieht ihn beunruhigt an. „Lachst du mich jetzt etwa auch aus?"

„Nein, du dumme Nuss, natürlich nicht. Ich lache, weil ich es schön finde, dass du so offen zu mir bist. Und weil mich das Thema auch ein bisschen nervös macht."

Rosas Gesichtszüge entspannen sich. „Du bist der Einzige, mit dem ich darüber reden kann, Joni."

„Und was ist mit deiner Mutter?"

Rosa sieht Jonas entsetzt an. „Ich werde ganz sicher nicht mit meiner Mutter über Sex reden! Du etwa?"

„Nein, natürlich nicht! Das war eine blöde Frage. Aber ich dachte, dass es zwischen Müttern und Töchtern vielleicht anders ist. Und mit Esther?"

„Von Esther kriege ich immer gleich eine Predigt und eine Ladung Survival-Tipps, die immer gut gemeint sind, aber davon abgesehen … Ich habe schon die ganze Woche nicht mit ihr gesprochen. Sie ist so mit ihrem Willem beschäftigt!"

„Willem? Erzähl!"

„Er arbeitet in einem Schuhgeschäft und ist schon vierundzwanzig."

„Und Esther ist siebzehn?"

„Nein, sechzehn."

„Acht Jahre Unterschied, wow, das ist ganz schön viel. Ob sie wohl schon … Denn wenn einer vierundzwanzig ist …"

„Sätze beenden, Joni!", sagt Rosa grinsend. „Keine Ahnung, ob sie schon Sex hatten, ich werde Esi mal fragen. Was meinst du, wie alt sollte man sein, wenn man mit jemandem schläft?"

„Ich glaube nicht, dass man den richtigen Zeitpunkt an einer Zahl festmachen kann."

„Hast du schon?"

Jonas bricht in Gelächter aus. „Nein, natürlich nicht. Mit wem denn?"

„Was weiß ich, was du so treibst."

Jonas nimmt wieder Rosas Hand. „Wollen wir uns versprechen, uns alles zu sagen, als beste Freunde?"

Rosa nickt und gibt Jonas einen Kuss auf die Wange. „Okay. Jedenfalls, wenn es etwas Spannendes zu erzählen gibt."

„Sonst denken wir uns einfach was aus, ja?"

Rosa lacht. „Verrückter Kerl."

Jonas starrt vor sich hin. „Sex ist ein blödes Wort. Es klingt so platt und hart. Was findest du eigentlich so unheimlich daran?"

„Na ja, eine ganze Menge."

„Zum Beispiel?"

„Du wirst es wahrscheinlich lächerlich finden, aber ... Nose hat mich noch nie nackt gesehen. Ich habe Angst, dass er von mir enttäuscht ist. Vielleicht findet er mich ja hässlich."

„Wenn man jemanden liebt, spielt es doch keine Rolle, ob der andere ein Hinterteil wie ein Elefant hat oder eine Hühnerbrust so wie ich."

„Habe ich denn ein Hinterteil wie ein Elefant?", ruft Rosa entsetzt.

„Nein, das habe ich doch gar nicht gesagt! Das war ein Beispiel. Ich wollte nur sagen, dass es darum gar nicht geht!

Außerdem hast du eine richtig tolle Figur. Selbst Shakira wäre neidisch auf dich."

„Das sagst du doch bloß so."

„Nein, das meine ich ernst. Du darfst nicht so unsicher sein."

„Bist du etwa nie unsicher?"

Jonas zwirbelt an seinem Schal. „Ja, doch, klar. Und wie! Ich grübele mich oft halb zu Tode wegen solcher Sachen."

„Oh … zum Glück. Dann bin ich ja nicht die Einzige."

„Natürlich nicht, Schafsnase."

Rosa grinst. „Weißt du, ich weiß auch nicht genau, wie das eigentlich geht … Miteinander schlafen."

„Echt nicht? Soll ich es dir erklären?"

Rosa knufft Jonas lachend. „Nein, natürlich weiß ich, wie das funktioniert, aber … wie es *wirklich* geht, das versuche ich mir manchmal vorzustellen und dann … Ach, ich weiß auch nicht. Ich bin einfach total doof."

„Nein, Blödsinn. Das darfst du dir nicht einreden. Vielleicht machst du dir einfach nur zu viele Gedanken. Genau wie ich." Jonas starrt auf den Mond, der über den Bäumen des Nachbarhauses aufgegangen ist. „Sprichst du mit Nose auch nicht darüber?"

„Nein, ich traue mich nicht."

„Das solltest du dich aber. Du solltest ihm lieber nichts vormachen, er ist doch dein Freund. Zeit für ein Gespräch mit dem Krokodil, Rosa."

„Ja, ja … Leichter gesagt als getan."

„Ist er noch Jungfrau?"

„Ja, ich denke schon …"

„Rosa! Jonas! Seid ihr da?"

Rosa schreckt auf und dreht sich um. Ihr Vater steht in der Küchentür.

„Ja, Papa! Wir sitzen hier oben auf dem Spielhaus."

Ihr Vater kommt den Weg entlang auf sie zu. Rosa zieht ihre Hand aus Jonas' Hand zurück.

Rosas Vater sieht zu ihnen hoch. „Das Häuschen ist schön geworden, was? Ich bin ganz stolz darauf. Alles selbst gemacht. Hört mal, Marieke und ich gehen jetzt schlafen, aber ihr könnt gerne noch ein bisschen hier sitzen bleiben. Es ist ein herrlicher Abend."

„Ist gut, Papa."

„Schlaf gut, große Tochter. Schlaf gut, Jonas. Schön, dass du bei uns bist."

„Finde ich auch."

Rosas Vater dreht sich um und macht sich auf den Rückweg.

„Papa …"

Rosas Vater dreht sich um. „Ja?"

„Entschuldige, dass ich vorhin so ausgeflippt bin, als du mir von deinen Plänen mit Suriname erzählt hast."

„Ist schon gut, Schatz. Ich verstehe ja, dass es ein Schock für dich ist. Und wie gesagt, es ist alles noch nicht sicher. Wir finden es auch sehr aufregend."

„Ja, das kann ich mir gut vorstellen."

„Aber du wirst sehen, Rosa, Veränderungen wirken zuerst immer beängstigend, aber sie können das Leben auch bereichern. Weißt du …" Rosas Vater kommt zum Spielhaus zurück. „Ich will einfach nicht irgendwann mal das Gefühl haben, was verpasst zu haben. Das Leben ist kurz und man muss hin und wieder etwas wagen. Und man darf nicht ständig Angst haben."

„*No fear*", sagt Jonas.

Rosa beugt sich vor und gibt ihrem Vater einen Kuss auf die Stirn.

„Wir reden morgen weiter darüber, okay?" Rosas Vater lächelt.

„Okay. Schlaf gut, Papa. Ich hab dich lieb."

„Ich dich auch, Rosie."

Risse im Herz

Von: Rosa van Dijk <rosa_vandijk@hotmail.com>
Gesendet: Dienstag, 8. September 07:23
An: Jonas de Leeuw <jdl@xs22.nl>
Betreff: Be yourself & Risse im Herz

Lieber Joni-Makkaroni,
noch schnell eine kurze Mail, bevor ich zur Schule gehe. Ich fand das Wochenende mit dir in Eindhoven total schön. Es hat mir richtig gutgetan, mit dir zu reden. Was für ein Glück, dass die Geschäfte am Sonntag geöffnet hatten! Und mach dir keine Sorgen: Deine neuen Klamotten sind echt cool. Du ziehst sie doch auch an, ja? Zusammen mit deinem Schal, denn der passt richtig gut dazu. Du weißt, was wir abgemacht haben: BE YOURSELF! Und NO FEAR! Und was die anderen davon halten, ist ihr Problem.
Ich bin auch ganz glücklich mit meinem neuen Top.

Du hast einen guten Geschmack! Wenn du willst, darfst du mein persönlicher Shop-Assistant-Advisor-Stylist sein! Weißt du, was blöd ist? Ich fühle mich mit dir zusammen irgendwie wohler als mit Nose (nein, nein, das ist kein Heiratsantrag, keine Angst).
Zum Beispiel wenn ich mit dir shoppen gehe. Dafür hat Nose überhaupt keine Geduld. Am Anfang ist er mitgegangen, aber jetzt nicht mehr. Er will nur noch stundenlang in Läden rumhängen, in denen es Skaterkram, Graffitizubehör und Comics gibt. Da ist die Musik so laut, dass einem nach fünf Minuten der Schädel dröhnt. Dir vertraue ich echt fast alles an, aber ihm nicht (mehr). Und das, obwohl ich total verrückt nach ihm bin. Wenn ich nicht bei ihm bin, vermisse ich ihn wie verrückt und mein Herz schlägt immer noch Saltos, wenn ich ihn sehe. Heute Nachmittag mache ich einen Überraschungsbesuch bei ihm. Es kostet mich zwar mein letztes Taschengeld (ich muss mir dringend einen neuen Job suchen!), aber das ist es mir wert.
Ich werde gerade überhaupt nicht schlau aus mir. Geht dir das manchmal auch so?

Küsschen von deiner Rosa, die nicht ganz bei Trost ist

Von: Jonas de Leeuw <jdl@xs22.nl>
Gesendet: Dienstag, 8. September 09:10
An: Rosa van Dijk <rosa_vandijk@hotmail.com>
Betreff: Ich bin ein Rätsel!

Liebe trostlose Rosa,
ich müsste jetzt eigentlich schon in der Schule sein, aber ich habe verschlafen. Gestern ist es ziemlich spät geworden, ich habe die Zeit total vergessen. Habe meiner Mutter gesagt, dass die ersten beiden Stunden ausfallen.
Weißt du was? Ich verstehe mich selbst eigentlich nie! Ein Beispiel: Ich weiß, dass es blöd ist, dieses Computerspiel zu spielen, dass ich meine Zeit damit verschwende und dass es auf Kosten der Hausaufgaben geht, und trotzdem tue ich es. Und ich weiß, dass meine Eltern es gut mit mir meinen, aber ich bin trotzdem eklig zu ihnen. Und dann ist meine Mutter traurig und ich bringe keine Entschuldigung über die Lippen und dann hasse ich mich noch mehr und setze mich wieder an den Computer.
Nur wenn ich schreibe, verstehe ich mich, irgendwie jedenfalls. Aber in letzter Zeit habe ich immer mehr das Gefühl, dass meine Gedichte Mist sind. Kurz gesagt, ich fühle mich auch ziemlich daneben.
Ich fand es auch sehr schön mit dir in Eindhoven. Ich fühle mich bei dir einfach wohl. Bei dir kann ich ganz ich selbst sein und muss keine Rolle spielen. Es ist so schön, mit jemandem über das reden zu können, was einen beschäftigt.
Ach ja, ich habe übrigens den Professor in höherer Liebeskunde, Herrn Doktor Jone Kokosmakrone in der Sexfrage um Rat gefragt, und hier kommen seine ganz persönlichen Survival-Tipps:

Survival-Tipps für Sex-Anfänger

1. Tu nichts, was sich für dich nicht richtig anfühlt.
2. Lass dich von den Leuten um dich herum nicht nervös machen.
3. Mach dir bewusst, dass der andere wahrscheinlich genauso unsicher ist wie du.
4. Ihr könnt euch auch beide die Augen mit einem Tuch verbinden (Witz!).
5. Seid ehrlich zueinander, sprecht über eure Gefühle.

Ach, es ist so wundervoll einfach, anderen einen Rat zu geben!
Ich habe Granito gestern eine SMS geschickt, aber er hat nicht reagiert. Er hat mich bestimmt schlicht und ergreifend vergessen.

Ich küsste einen netten Jungen,
er küsste mich auch sanft zurück.
Ich schenkte ihm mein ganzes Herz,
das brachte mir kein Glück – nur Schmerz.
Seine Lippen küssen jetzt einen anderen Mund,
und ich versinke vor Gram im Grund.

Habe mich gestern Nachmittag zum ersten Mal wieder ins Fitnessstudio geschleppt. Hab dadurch ein wichtiges Raid verpasst, aber was soll's, sonst kriege ich einen Buckel und fange vom dauernden Auf-den-Bildschirm-Starren an zu schielen, und dann will mich überhaupt keiner mehr. Natürlich bin ich wieder ganz schief vor

Muskelkater. Aber ich werde dafür sorgen, dass ich einen hulk-mäßigen Körper kriege, genau wie mein Avatar in WoW, und wenn mich dann in der Schule wieder jemand Weichei und Homo nennt, kann er sich auf was gefasst machen.

Muskulöse Grüße von Jonas Hühnerbrust.

PS: Ja, ich nehme deinen Antrag an.
PPS: Wollen wir im Frühling heiraten? Oder romantisch im Schnee in der Weihnachtszeit? Mit einem Hundeschlitten?
PPPS: Fragst du Esther, ob sie dir ein Brautkleid entwirft? Zusammen mit Nosie? Ein Graffitibrautkleid, das ist cool! Mit *No fear!* darauf und *The magic is in the doing!* Haha!

Rosa lacht, als sie die letzten Sätze von Jonas' Mail liest.

„Was? Du hast Hochzeitspläne, Rosa?"

Rosa knufft Carmen, die neben ihr sitzt, in die Seite. „Nicht mitlesen!"

„Survival-Tipps für Sex-Anfänger, ich lach mich kaputt!", quietscht Carmen. „Von Jonas!"

„Carmen! Jetzt hör auf!", ruft Rosa und schiebt Carmen weg.

„Lass mich lesen!", sagt Rosas Freundin Joya, die auf der anderen Seite sitzt.

„Nein, haut ab, das ist privat!", kreischt Rosa und klickt das E-Mail-Fenster weg.

Ein Mitarbeiter der Schulmediathek erhebt sich hinter seinem Schreibtisch. „Mädchen, wenn ihr so einen Lärm macht, müsst ihr gehen. Hier sitzen Leute, die arbeiten wollen."

„Von wegen, hier sitzen doch alle nur zum Surfen oder Chatten rum", flüstert Joya.

„He, Rosa, hast du etwa am Wochenende mit Nose geschlafen?" Carmen sieht Rosa neugierig an.

„Nein, ganz im Gegenteil", seufzt Rosa. „Und bitte rede leiser."

„Warum dann die Sextipps?"

„Das ist ein Witz. Und du sollst meine Mails nicht lesen, so was tut man nicht."

„Tut mir leid, war aus Versehen."

„Ja, ja."

„Wann fährst du wieder zu ihm, Rosa?", fragt Joya.

„Nachher, ich schwänze die letzten zwei Stunden."

„Im Ernst?", fragt Joya. „Da haben wir Mathe und Englisch!"

„Kann ich ruhig mal verpassen. Jedenfalls Englisch."

„Aber Mathe nicht!"

„Es ist doch nur ein einziges Mal."

„Ist schon cool, einen Freund zu haben, der schon eine eigene Wohnung hat", sagt Carmen. Sie nimmt eine Feile aus ihrem Etui und beginnt ihre langen, spitzen Nägel zu bearbeiten. „Sag mal, Joya, wann verliebst du dich denn endlich mal? Oder hast du vor, den Rest deines Lebens als alte Jungfer zu verbringen?"

Joya wird rot und beugt sich über ihren Notizblock.

Rosa sieht Joya forschend an. „He, wieso kriegst du denn

auf einmal so einen roten Kopf, Joya? Hast du etwa jemanden kennengelernt?“

Joyas Gesicht wird noch röter.

„Los, Joya! Jetzt sag schon!“

Joya beißt sich auf die Lippe. „Ja, ich ... äh... es gibt jemanden, der mir gefällt.“

Carmen packt sie an den Schultern. „Und das hast du uns nicht erzählt, du hoffnungsloser Fall!“

„Meine Damen, letzte Warnung!“, ruft der Mediathekmitarbeiter.

Rosa beugt sich zu Joya hinüber und flüstert: „Wie heißt er?“

„Dwight. Er kommt aus Australien.“

„Australien? Wie kommst du denn zu dem? Kennst du ihn aus dem Chat oder so?“

„Nein, Quatsch. Er arbeitet in einem Esoterikladen, in den ich öfter gehe.“

„Wie alt ist er denn?“, fragt Carmen.

„Neunzehn. Er ist mit der Schule fertig und hat sich vor dem Studium ein Jahr freigenommen. Er ist auf Weltreise und gerade für drei Monate hier.“

„Und wie viel ist von den drei Monaten noch übrig?“, fragt Rosa.

Joyas Gesicht verdüstert sich. „Sechs Wochen. Aber vielleicht bleibt er auch noch länger.“

„Wow! Joya!“, ruft Carmen und schlägt ihr auf den Rücken. „Endlich! Das wurde aber auch Zeit!“

Joya lacht verlegen.

„Bist du in ihn verliebt?“, fragt Rosa.

„Ja, ich glaube schon."

„Aber warum hast du uns das nicht früher erzählt?"

„Keine Ahnung, vielleicht weil ich Angst hatte, dass ihr euch über mich lustig macht."

„Warum? Das nenne ich Vertrauen! Erzähl mal, wie sieht er aus, ist er hübsch?", fragt Carmen.

„Ja, ich finde schon. Er hat dunkle Haut und spielt Didgeridoo."

„Didgeriwas?"

„Didgeridoo, das ist ein langes Rohr, in das man hineinbläst. Da kommen richtige Urgeräusche raus."

„Ist er etwa ein Aborigine?", fragt Rosa mit großen Augen.

Joya nickt. „Zumindest zu einem Viertel. Seine Oma war Aborigine."

„Oh, Joya, das ist ja total spannend!" Rosa zeigt auf Joyas Bildschirm. Darauf ist ein großes Bild zu sehen, das aus vielen farbigen Streifen besteht. „Hat das da mit ihm zu tun?"

Joya nickt. „Ich ändere das Thema für meine Abschlussarbeit."

„Lass mich raten – du schreibst über die Aborigines."

„Ja. Sie sind ein spirituelles Volk. Wenigstens das, was noch davon übrig ist."

„Wie lange kennst du Dwight schon?", fragt Carmen.

„Anderthalb Wochen."

„Habt ihr euch schon geküsst?"

Joya wird wieder rot. „Geht dich nichts an."

„Und wirst du ihn heiraten?"

„Carmen! Das ist genau das, was ich meine. Wer spricht denn von heiraten?“

„Du hast doch eine Kristallkugel. Und Tarotkarten. Und ein Pendel. Du weißt doch alles!“

Joya sieht Carmen wütend an. „Jetzt hör endlich auf, dich über mich lustig zu machen. Ich mag das überhaupt nicht.“

„Jetzt ist aber Schluss, die Damen. Raus!“, poltert der Mitarbeiter.

Joya steht auf und stopft wütend ihre Bücher in die Tasche. „Ich bin schon weg!“, ruft sie. Aufgebracht rennt sie nach draußen. Rosa und Carmen packen mit betretenem Gesicht ihre Sachen zusammen.

„Carmen, das war echt ungeschickt“, sagt Rosa. „Er ist ihr erster Freund. Und du kennst Joya, bei dem Thema ist sie besonders empfindlich.“

„Überempfindlich meinst du wohl. Joya versteht einfach keinen Spaß. Sie nimmt alles so ernst.“

„Aber vielleicht findet sie deine Witze einfach nicht besonders lustig.“

„An meinen Humor sollte sie sich inzwischen echt gewöhnt haben. Ich habe es auch nicht immer leicht, aber ich stelle mich trotzdem nicht so an.“ Mit beleidigtem Gesicht steckt sich Carmen die Kopfhörer ihres MP3-Players in die Ohren und marschiert mit hocherhobenem Kopf davon.

Brotkrümel im Bett

Je weiter sich Rosa Nose' Container nähert, desto mehr Angst bekommt sie. Sie bleibt im Treppenhaus stehen und holt ein paarmal tief Luft. Als sie Nose das letzte Mal überraschend besucht hat, in Groningen, war das nicht gerade ein Erfolg. Und sie weiß nicht mal, ob er zu Hause ist. Sie tastet nach dem Schlüssel in ihrer Tasche. Sie kann auf jeden Fall in seine Wohnung. Vielleicht kann sie noch ein bisschen aufräumen und es gemütlich machen, falls er noch nicht da ist.

Mit zitternden Knien steht Rosa vor Nose' Wohnung. Was, wenn diese Julia da ist … oder ein anderes Mädchen. Sie späht durch die Glasscheibe in der Tür. Es ist niemand zu sehen, aber sie kann natürlich nicht bis ins Schlafzimmer gucken. Sie steckt den Schlüssel ins Schloss, öffnet die Tür und stößt einen Schrei aus. Eine schwarze Katze schießt an ihren Beinen vorbei ins Freie, die Ohren flach angelegt.

„Nose! Hallo! Ich bin's!"

Es kommt keine Antwort. Rosa betritt die Küche. Es

herrscht riesiges Chaos. Die Spüle steht voller Geschirr und auf dem Esstisch liegen zwei Pizzakartons mit halb aufgegessenen Pizzas, eingerahmt von Bierflaschen. Überall fliegen Klamotten herum. In der Zimmerecke steht ein altmodisches Damenfahrrad, halb mit Graffiti besprüht. Auf dem Boden liegt ein Stapel Zeichnungen und darauf …

„Igittipfui!", sagt Rosa aus tiefstem Herzen.

Als Nose nach Hause kommt, ist sie gerade mit dem Abwasch fertig.

„He – Rosa! Was machst du denn hier?" Nose zieht seine Ohrstöpsel raus und wirft seine Zeichenmappe und seine Tasche auf den Tisch. „Mausekatze! Was für eine Überraschung!" Er läuft auf sie zu und wirft die Arme um sie.

Rosa löst sich aus der Umarmung und sagt halb im Spaß, halb im Ernst: „Was hast du hier getrieben? Was für ein Chaos! Wir hatten doch alles so schön aufgeräumt!"

Nose sieht sich um. „So schlimm ist es doch nicht."

„Ja, weil ich hier seit zwei Stunden schrubbe und aufräume. Die Katze hatte auf deine Zeichnungen gemacht und das Badezimmer war … Brr!" Rosa bekommt eine Gänsehaut. „Wie hast du es in der kurzen Zeit geschafft, so ein Chaos zu veranstalten? Und in deinem Bett lagen Chips und Brotkrümel! Du bist echt richtig eklig."

Nose legt seine Kopfhörer auf die Spüle. „Wenn ich gewusst hätte, dass du kommst, hätte ich sicher aufgeräumt."

„Und die Katze schläft in deinem Bett. Da war alles voller Haare. Das ist doch total unhygienisch!"

Nose stemmt die Hände in die Hüften. „Jetzt hör aber mal

auf! Du klingst ja wie meine Mutter! Wir haben uns anderthalb Wochen nicht gesehen und du nörgelst nur an mir rum!"

„Ja, und warum haben wir uns so lange nicht gesehen? Das lag doch nicht an mir!"

„Ich muss halt ab und zu zu meinen Eltern! Verstehst du das denn nicht? Du bist ganz schön egoistisch."

„Ach ja? So denkst du über mich?"

„Alles muss immer nach deiner Nase gehen."

„Stimmt doch gar nicht. Und wem gehört eigentlich dieses Fahrrad da?"

„Julia. Ich besprühe es für sie. Ihr hat meins gefallen und da wollte sie auch so eins."

„Und die Pizzas?"

„Die haben wir gestern zusammen gegessen."

„Du unternimmst ja ziemlich viel mit ihr!"

„Ja, hallo, sie ist die Einzige, die ich hier kenne!"

„Warst du darum nicht in MSN?"

„Ist das etwa Pflicht?"

„Das machen wir doch jeden Abend!"

„Ja genau, und davon habe ich auch genug. Jeden Tag von neun bis zehn ist Chat-Pflicht. Als ob du mich kontrollieren wolltest!"

„Will ich gar nicht!", kreischt Rosa. „Ich will mit dir chatten, weil du mir fehlst! Weil ich mit dir reden möchte! Darum bin ich doch auch hier, du Idiot!"

Rosa reißt ihre Jacke vom Stuhl und stürmt an Nose vorbei zur Tür. „Aber jetzt haue ich lieber wieder ab. Geh du ruhig zu deiner Julia. Herzliche Grüße!"

Rosa knallt die Tür so heftig hinter sich zu, dass die Wände zittern. Blind vor Tränen läuft sie die Treppe hinunter.

„Rosa! Rose! Jetzt warte doch."

Rosa stolpert über eine Bierkiste und stürzt gegen das Treppengeländer. Sie sackt auf die Stufen, umklammert ihr Schienbein mit den Händen und bricht in Tränen aus.

Keuchend holt Nose sie ein. „Rosa! Zeig, was ist passiert?"

Rosa schiebt ihn weg und versucht aufzustehen. „Nichts", schluchzt sie. „Es ist nichts, geh weg."

Nose hält sie zurück. Er kniet sich neben sie und schiebt ihr Hosenbein hoch. „Es blutet, da muss was drauf. Komm mit nach oben."

„Nein!" Rosa zieht ihr Hosenbein nach unten und will die Treppe weiter hinunter.

Nose greift nach ihrem Arm. „Jetzt komm, Rosa, sei nicht so dickköpfig. Guck doch, das Blut suppt sogar durch die Hose durch, das muss verbunden werden."

Mit verbissenem Gesichtsausdruck versucht Rosa sich loszureißen.

„Rosa. Bitte. Warum bist du so?"

„Lass mich!"

„Nein, ich lasse dich nicht! Ich liebe dich, du dumme Nuss!"

„So, das sieht professionell aus", sagt Nose zufrieden und klebt den Verband mit einem Pflaster fest. „Wenn ich mir vorstelle, dass ich meine Mutter ausgelacht habe, als sie mir einen Verbandskasten mitgegeben hat!"

„Danke. So ... dann gehe ich jetzt.“

Rosa versucht aufzustehen, aber Nose verstellt ihr den Weg.

„Nichts da, du bleibst schön sitzen. Du bist echt ein komischer Vogel, Rosa. Du machst immer gleich so einen Stress. Und weshalb? Wegen ein bisschen Unordnung und wegen eines Mädchens, das einfach eine Freundin ist und sonst nichts.“

„Wirklich? Sonst nichts?“ Mit verweinten Augen sieht Rosa Nose an.

„Nein, ich schwöre es. Wir sind nur gute Freunde. Wirklich.“

Rosa seufzt tief. „Entschuldige. Es tut mir leid. Es tut mir ganz schrecklich leid.“

Nose lacht. „Das bin ich doch von dir gewöhnt, Mausekatze.“

„Wie hältst du es eigentlich mit mir aus?“

„Ja, das frage ich mich auch manchmal“, sagt Nose lachend.

Rosa zeigt auf die Tür. „Da steht deine Mausekatze, sie will rein.“

Nose geht zur Tür und öffnet sie. Die Katze schießt durch den Raum und hetzt in Blitzgeschwindigkeit ins Schlafzimmer. Nose tippt sich an die Stirn. „Das Vieh hat sie nicht mehr alle.“

„Ich auch nicht“, sagt Rosa betrübt.

„Doch, du schon“, sagt Nose.

Er setzt sich neben Rosa an den Tisch und legt seine Hand auf ihre. „Tut es sehr weh?“

Rosa reibt sich die Augen, die vom Weinen ganz rot sind. „Ja, schon. Und abgesehen davon schäme ich mich so sehr."

„Ach, das musst du nicht. Willst du eine Tasse Tee? Oder was anderes?"

Nose steht auf und geht zum Kühlschrank. „Mal gucken, was wir im Haus haben. Milch?" Er schüttelt die Packung. „Hm, die bewegt sich ein bisschen zu langsam. Ich habe noch Saft ..."

Rosa lacht. „Nein, danke, ein Glas Wasser erscheint mir am sichersten."

Nose nimmt ein Glas von der Spüle. „Wieso bist du eigentlich hier, so unter der Woche? Hast du schulfrei?"

Rosa schüttelt den Kopf. „Hab die letzten beiden Stunden geschwänzt."

„Böses Mädchen!" Nose stellt das Glas vor sie hin und gibt ihr einen Kuss. Rosa legt die Arme um seine Taille und presst den Kopf an seinen Bauch.

Nose streicht ihr übers Haar. „Bleibst du zum Essen?"

„Hm ... ja, okay."

„Schön! Ich hatte nämlich vor, zum ersten Mal zu kochen! Ein Rezept aus einem Studentenkochbuch. Ich habe sogar schon eingekauft!"

Nose nimmt seine Tasche und geht damit zur Spüle. „Bleib du nur ruhig sitzen, ich koche dir eine köstliche Mahlzeit."

Probleme

Von: Rosa van Dijk <rosa_vandijk@hotmail.com>
Gesendet: Mittwoch, 9. September 00:23 Uhr
An: Esther Jacobs <esther@xs22.nl>
Betreff: Braune Bohnen & Kaputte Zähne

Liebe Esi,
Jetzt ist es schon wieder so spät! Ich hatte gehofft, dass du in MSN bist, aber du bist nicht da. Schade Marmelade.
Ich erwische dich überhaupt nicht mehr, hast du meine SMS bekommen?
Ich war heute Nachmittag in Rotterdam, bei Nosi und bin gerade erst zurückgekommen. Hab tierischen Ärger mit meiner Mutter gekriegt, weil ich erst um Viertel nach zwölf zu Hause war und morgen ganz normal zur ersten Stunde Schule habe.
Mein Tag war total komisch: Zuerst hatten Nose und ich

einen Megakrach, dann haben wir uns wieder vertragen und dann habe ich mir fast einen Zahn an einer braunen Bohne ausgebissen!
Nose wollte Chili con Carne für mich machen, allerdings ohne Carne (= Fleisch). Dazu braucht man natürlich braune Bohnen. Er hat getrocknete Bohnen genommen, und die muss man vorher einweichen, aber das hat er nicht gewusst. Und ich habe überhaupt nicht aufgepasst, was er da macht!
Oh Mann, ich habe also einen großen Bissen Chili genommen, weil ich so einen Hunger hatte, und dann KNACKS! Ich dachte echt, mir wären sämtliche Zähne zerbröselt. Zum Glück war es nicht ganz so schlimm. Wir haben uns halb totgelacht. Nose kann wirklich nicht kochen. Es war auch noch total versalzen! Später haben wir Pommes geholt. Beim nächsten Mal koche ich, sonst bekommt Nose in Windeseile Skorbut, Krätze oder andere fiese Krankheiten.
An der Pommesbude haben wir dann diese Julia getroffen. Sie taucht einfach überall auf. Sie ist mit uns mitgegangen, um nach ihrem Fahrrad zu schauen (Nose besprüht es für sie).
Die beiden haben Bier getrunken, und weil ich keine Spielverderberin sein wollte, hab ich auch eins genommen. Igitt, war das eklig! Und man muss ständig davon aufstoßen. Es kommt mir jetzt noch hoch. Ich hatte mir vorgenommen, nicht mehr eifersüchtig zu sein, und ich habe es tatsächlich geschafft, ruhig zu bleiben. Ich bin richtig stolz auf mich. Schade nur um den Abend.

Jetzt schlaf gut, Esther, und lass bald wieder was von dir hören. Erzähl mir alles über deinen Willem!

Küsschen von Rosa Bierbauch.

PS: Wie weit gehst du eigentlich mit Willem?

Jonas: He, Rosie!
Rosa: He, Jonas, warum bist du denn so spät noch auf?
Jonas: In einer Viertelstunde steht das nächste Raid an.
Rosa: Wieder so ein Überfall? Wen überfällst du da eigentlich? Arme, alte Frauen oder eine Bank?
Jonas: Nein, einen feindlichen Clan.
Rosa: Warum wollen Jungs bloß immer Krieg spielen?
Jonas: Darum geht es gar nicht, es geht um den Kampf zwischen Gut und Böse.
Rosa: Ja, ja, und jeder denkt, er sei auf der guten Seite!
Jonas: Aber es gibt doch Gut und Böse.
Rosa: Ja. Menschen zu ermorden ist böse. Darum finde ich diese Kampfspiele auch bescheuert. Ich hätte nie gedacht, dass dir so was gefällt. Passt überhaupt nicht zu dir.
Jonas: Das ist ja kein hohler Ego-Shooter! Die Landschaft in WoW sieht aus wie das Paradies und zusammen mit deinen Freunden bekämpfst du das Böse, das die Welt erobern will.
Rosa: Mit deinen Freunden?
Jonas: Ja, mit meinen Freunden, meinem Clan.

Rosa: Aber du kennst die Leute doch gar nicht.

Jonas: Doch, durch das Spiel. Wir sind ein Team und wir sprechen übers Internet miteinander. Ich habe oft das Gefühl, dass ich sie besser kenne als meine Klassenkameraden.

Rosa: Okay … Hm, schon ein bisschen komisch.

Jonas: Überhaupt nicht! Wieso?

Rosa: Das sind doch keine wirklichen Freunde!

Jonas: Doch!

Rosa: Aber du hast die Leute doch noch nie gesehen! Oder doch?

Jonas: Nein, sie wohnen zum Teil total weit weg. Aber das spielt keine Rolle. Weißt du, was noch dazukommt? Bei dem Spiel bin ich jemand ganz anderes als im echten Leben.

Rosa: ?

Jonas: Ich habe in WoW einen Avatar, eine Figur, die mich darstellt. Und diese Figur kann ich selbst gestalten. Ich bestimme ihr Aussehen und ihre Charaktereigenschaften. Und gebe ihr einen Namen.

Rosa: Wie heißt du denn?

Jonas: Du darfst mich damit aber nicht aufziehen.

Rosa: Natürlich nicht.

Jonas: Soulsearcher.

Rosa: Wie poetisch! Suchst du in dem Spiel deine Seele?

Jonas: Keine Ahnung. Ich finde den Namen einfach schön.

Rosa: Und wie sieht deine Figur aus?

Jonas: Stark, sehnig, unerschrocken, mutig, mit sehr

vielen Freunden. Soulsearcher hat Schultern wie ein Kleiderschrank, eine tolle Waffenausrüstung und ist im Besitz vieler magischer Kräfte. Er ist so, wie ich im wahren Leben gerne wäre.
Rosa: Sorry, Jonas, aber das klingt für mich ziemlich kindisch. Ich spiele doch auch nicht mehr mit Barbies!
Jonas: Du kapierst es einfach nicht.
Rosa: Doch, ich verstehe sehr gut: Du flüchtest dich in eine Traumwelt!
Jonas: Ja, vielleicht, aber das ist doch meine Sache. So, ich mach Schluss, es geht wieder los.
Rosa: GTG, was? Bist wohl schon ein bisschen süchtig?
Jonas: Nein, absolut nicht. Tschüss!

Jonas' MSN-Icon wechselt auf *offline*. Erstaunt schaut Rosa auf den Bildschirm. „Tschüss, Soulsearcher!", sagt sie.

Vorsichtig zieht sie ihr Hosenbein hoch und muss augenblicklich grinsen. Nose hat lauter Herzen auf den Verband gemalt.

Plötzlich klopft es leise an der Tür. Rosa steht auf und öffnet. Noa steht in einem langen, weißen Bademantel auf dem Flur. Sie sieht traurig aus.

„Noa, was ist los? Komm rein."

Noa setzt sich auf Rosas Bett und wickelt die Bettdecke um sich.

„Saskia."

„Was ist mit ihr?"

„Sie ist wieder weg, und ich habe mich nicht getraut, es deiner Mutter und Herrn Rosetti zu sagen."

„Oje.“

„Ich habe aus dem Fenster geschaut, als sie gegangen ist. Sie wurde wieder von einem Auto abgeholt. Einem großen, teuren Auto.“

„Ja, das habe ich doch auch schon gesagt.“

„Da saß ein Mann drin, uralt! Mindestens dreißig oder vierzig!“

„Krass.“ Rosa setzt sich neben Noa und starrt vor sich hin. „Was macht sie denn mit so einem Typ? Igitt, sie hat doch hoffentlich nichts mit ihm … Nein, das traue ich Saskia nicht zu.“

„Aber was wissen wir denn schon von ihr? Sie erzählt nie etwas von sich!“, sagt Noa.

„Das vielleicht nicht, aber ich kenne sie schon sehr lange, schon seit der Grundschule. Saskia ist echt in Ordnung, auch wenn sie sich manchmal komisch verhält und eine große Klappe hat.“

„Und noch was, sie wollte mir Geld geben, damit ich auf Jade aufpasse. Zwanzig Euro.“

„Zwanzig Euro? Hast du das angenommen?“

„Nein, natürlich nicht.“

„Aber … so viel Geld hat sie doch gar nicht …“

Noa zuckt mit den Schultern. „Ich kapier das auch nicht. Es ist sehr merkwürdig. Und sie hat gesagt, dass ich niemandem erzählen soll, dass sie wieder weggeht.“

„Gut, dass du es trotzdem gemacht hast.“ Rosa seufzt. „Was jetzt?“

„Keine Ahnung.“

„Wir müssen herausfinden, wer dieser Kerl ist!“

„Und da ist noch was, Rosa, ich glaube, ich weiß, warum Saskia so schlecht drauf ist."

„Warum denn?"

Noa zögert. „Ich habe den Mülleimer geleert, weil er völlig mit schmutzigen Stinkewindeln überfüllt war. Und das hier lag unten drin."

Sie gibt Rosa ein weißes Stäbchen.

Rosa betrachtet es. „Was ist das?"

„Ein Schwangerschaftstest."

„Woher weißt du das?"

„Aus der Werbung."

„Okay … Aber was bedeutet der Streifen?"

„Soweit ich weiß: schwanger."

Unvernünftige Dinge

Saskia lehnt an der Theke im Blumenladen und unterhält sich mit einem Jungen, während sie mit offenem Mund Kaugummi kaut. Als Rosa den Laden betritt, blickt sich der Junge wie ertappt um und steckt etwas in die Hosentasche. Dann hastet er zur Tür.

„Tschüss“, ruft Saskia ihm hinterher. „Bis zum nächsten Mal.“

Rosa lässt ihren Rucksack auf den Boden plumpsen und greift in die große Glasschale mit Lollis, die auf der Theke steht. „Wer war das denn?“, fragt sie und zieht das Papier von ihrem Lutscher ab.

„Ach, einfach jemand, den ich kenne.“

„Ein Hausbesetzer?“

„Nein!“

„So sah er aber aus.“

Hinter dem Loch in der Mauer erklingt plötzlich das gellend laute Dröhnen einer Bohrmaschine.

Saskia steckt sich die Finger in die Ohren. „Ich dreh gleich durch!“, stöhnt sie. „Was für ein verdammter Krach! Wie lange dauert der Umbau denn noch?“

Rosa zuckt mit den Schultern und steckt sich den Lutscher in den Mund. „Ich weiß nicht, vielleicht noch ein paar Wochen oder einen Monat.“

„So lange halte ich das echt nicht mehr aus.“ Saskia zieht eine Packung Tabak aus ihrer Hosentasche und dreht sich eine Zigarette.

„Hey, man darf hier nicht rauchen.“

„Das weiß ich auch, Miss Superschlau.“

„Bin ich gar nicht.“ Beleidigt nimmt Rosa ihren Rucksack wieder hoch. „So, ich gehe dann mal wieder. Hab massen Hausaufgaben zu machen.“

„Wie gut, dass ich den Stress nicht mehr habe – Hausaufgaben!“

Rosa stellt den Rucksack wieder ab. „Eigentlich eine ulkige Vorstellung, dass du sonst in meiner Klasse sein könntest. Dann hättest du jetzt auch Abschlussprüfungen.“

„Was meinst du mit ‚sonst‘?“

„Na ja … wenn du nicht schwanger geworden wärst.“

„Pff … Ohne Jade wäre ich auch von der dämlichen Schule abgegangen. Lernen ist nichts für mich.“

„Aber du hattest doch gute Noten, ich habe immer stundenlang für Mathe gelernt und die Arbeiten dann doch verhauen. Du hast zweimal in dein Buch geguckt und eine top Note geschrieben. Findest du es nicht schade, dass du keinen Abschluss hast?“

„Was soll ich denn mit einem Abschluss?“

„Na ja, zum Beispiel studieren. Und später einen guten Job finden."

„Das ist für mich sowieso nichts."

„Was meinst du damit?"

„Mädchen wie du haben eine Zukunft, ich ... ich lebe einfach nur von Tag zu Tag."

„Na ja, ein Stück weit hast du dir das selber so ausgesucht. Du könntest doch noch zur Schule gehen ..."

„Da habe ich echt was Besseres zu tun."

Rosa zuckt mit den Schultern. „Wo sind eigentlich meine Mutter und Spaghetti?"

„Irgendwelchen Kram für den Laden aussuchen."

„Du bist also alleine?"

„Ja, und es ist nichts los. Ich langweile mich zu Tode."

„Dann könntest du ja den Pflanzen Wasser geben. Oder Sträuße binden", sagt Rosa.

„Das fehlte gerade noch, mach doch selber."

„Mein Gott, bist du motiviert."

Saskia spuckt ihren Kaugummi in den Mülleimer, der neben der Theke steht. „Ich arbeite hier, weil ich noch nichts anderes gefunden habe. Nicht weil ich so verrückt nach Veilchen bin."

Rosa beißt sich auf die Lippe. „Saskia? Warum bist du nur so gemein?"

Saskia sieht Rosa mit hochgezogener Augenbraue an. Sie hat ihre Augen schwarz umrandet und sieht blass aus.

„Ich – gemein? Wie kommst du denn darauf?"

„Vielleicht merkst du es selber gar nicht. Hast du vielleicht ein Problem?"

„Nein.“ Saskia schlägt ihre Zeitschrift zu. Sie gähnt und streckt sich. „Außer, dass ich todmüde bin.“

Rosa wird nervös. Sie muss etwas über den Schwangerschaftstest sagen. Aber wie?

„Hey, Saskia, wenn irgendwas ist, kannst du jederzeit mit mir darüber sprechen.“

„Fängst du jetzt auch noch damit an? Noa hat auch schon auf mich eingeredet. Es ist nichts. Was wollt ihr eigentlich alle von mir?“

Rosa schiebt einen Tulpenstrauß, der halb aus dem Eimer hängt, wieder zurück.

„Ich will überhaupt nichts von dir. Ich möchte nur, dass du weißt …“

„Ja, jetzt ist gut. Mit mir ist alles in Ordnung, solange ihr mich in Ruhe lasst.“ Saskia fischt ein Feuerzeug aus ihrer Tasche, steckt die Zigarette an und geht aus dem Laden.

„Saskia?“, fragt Rosa, als sie wieder zurückkommt. „Darf ich dich was fragen?“

„Du bist ja immer noch da! Nein, darfst du nicht. Das habe ich doch schon gesagt“, sagt Saskia grob und geht zur Espressomaschine. Genervt versucht sie den Hebel zu lösen.

Rosa geht zu ihr. „Pass auf, so machst du sie kaputt. Ich zeige dir schnell, wie es geht.“

„Wie du willst.“ Saskia schwingt sich auf die Theke und drückt ein neues Kaugummi aus der Packung.

„Guck mal, hier kommt der Kaffee rein, dann drückst du auf diesen Knopf. Du trinkst deinen Kaffee schwarz, oder?“

„Ja, und ohne Zucker.“

Als Saskia die Kaffeetasse entgegennimmt, sieht Rosa, dass ihre Hände zittern.

„Hey, Saskia, eigentlich wollte ich dich um Rat fragen."

„Ach, echt? Bei was sollte ich dir denn einen Rat geben können?"

„Bei Verhütungsmitteln."

Saskia lacht. „Aha. Also doch."

Rosa wirft die Überreste ihres Lutschers in den Mülleimer.

„Nimmst du eigentlich die Pille?"

„Die Pille? Nein, das ist nichts für mich. Ich habe sie eine Weile genommen, aber ich habe sie ständig vergessen."

„Hast du so Jade gekriegt?"

Mit einem Knall stellt Saskia ihre Tasse ab und springt von der Theke. „Ich habe dir gerade gesagt, dass du dich nicht in mein Leben einmischen sollst, Rosa."

„Sorry."

„Also gut, was willst du wirklich wissen?"

„Äh … welches Verhütungsmittel würdest du mir denn empfehlen?"

„Willst du mich provozieren oder was?"

„Nein, ich meine es ernst. Ich möchte nicht meine Mutter fragen."

Saskia lacht. „Hast du unzüchtige Pläne, Rosa?"

Rosa wird rot. „Nein, gar nicht. Ich … Ach, vergiss es."

Sie nimmt ihren Rucksack und geht zur Tür.

„Hast du etwas Unvernünftiges getan, Röschen?", fragt Saskia kichernd.

Rosa dreht sich um. „Nein, du etwa?"

Saskia schaut sie misstrauisch an. Dann grinst sie. „Ach, ich mache ständig unvernünftige Sachen."

„Was denn so?"

Die Ladentür öffnet sich und Rosas Mutter und Herr Rosetti kommen herein.

Rosa sieht gleich, dass sie keine gute Laune haben. Das Gesicht ihrer Mutter steht auf Sturm.

Rosa geht schnell an ihnen vorbei. „Hi, Mama, hi, Herr Rosetti, ich war gerade auf dem Weg ins andere Haus, Schularbeiten machen."

Rosa stellt den Computer an. Sie hat eine Mail von Esther.

Von: Esther Jacobs <esther@xs42.nl>
Gesendet: Freitag, 11. September 13:37
An: Rosa van Dijk <rosa_vandijk@hotmail.com>
Betreff: Die Bombe ist geplatzt

Hallo, Frau Bierbauch,
ich musste über deine Mail ganz schön lachen. Witzig, dass wir jetzt beide einen Freund haben, der schon alleine wohnt. Auch wenn es für mich nichts zu lachen gibt, denn ich darf Willem nicht mehr sehen.
Ich habe ganz fürchterlichen Ärger mit meinen Eltern. Ich schaue meinen Vater nicht einmal mehr an. Weißt du, was er getan hat? Er ist in das Schuhgeschäft gegangen, in dem Willem arbeitet, um ihn abzuchecken. Mein Vater hat so getan, als ob er ein Kunde wäre, und hat ihn ganz nebenbei ausgehorcht (Willem wusste ja nicht, wer er

ist). Und so hat er herausgefunden, dass er sechsundzwanzig ist. Ja, tut mir leid, ich habe zu dir vierundzwanzig gesagt. Und zu meinen Eltern zwanzig. Weil ich keine Lust auf blöde Kommentare hatte.
Mein Vater ist explodiert: „Wie kannst du es wagen, dich mit einem sechzehnjährigen Mädchen einzulassen! Esther ist noch ein Kind und du bist erwachsen. In Amerika würdest du ins Gefängnis wandern. Das ist unverantwortlich!" Blablabla. Und er hat Willem verboten, mich wiederzusehen. Und mir natürlich auch. Echt, ich finde das bescheuert. Liebe hält sich doch nicht an irgendwelche Altersgrenzen. Es gibt so viele Paare mit großem Altersunterschied. Meine Mutter ist selber neun Jahre jünger als mein Vater, und in meiner Klasse ist ein Mädchen, dessen Vater sogar zwanzig Jahre älter ist als seine Mutter. Und die Mutter von einem anderen Mädchen hat einen Freund, der elf Jahre jünger ist.
Ich finde es wirklich total lächerlich. Und sie können mich sowieso nicht von Willem fernhalten. Ich bin fast siebzehn und mache mit meinem Leben, was ich will.

Viele Grüße von deiner Freundin Esi

„Sechsundzwanzig!", ruft Rosa laut. „Sechsundzwanzig!"

Sie greift nach dem Telefon und wählt Esthers Nummer.

„Hey, Rosie!", meldet sich Esther.

„Hi, Esther. Ich habe gerade deine Mail gelesen."

„Bescheuert von meinem Vater, oder? Ich spreche echt nie wieder mit ihm. Und auch nicht mit meiner Mutter."

„Aber Esther! Sechsundzwanzig! Das ist doch uralt! Du bist verrückt! Das ist kurz vor der Rente!“

„Fängst du jetzt auch noch an?“

„Ja, jetzt entschuldige mal, aber er ist wirklich alt.“

„Ja und? Du könntest ja auch mal sagen: Esther, wie schön, dass du verliebt bist!“

„Ja, aber Esther, dieser Mann …“

„Dieser Mann? Willem heißt er!“

„Ganz ruhig, Esther. Du brauchst deshalb nicht gleich auszuflippen.“

„Und ob ich das tue. Alle nörgeln nur rum! Ich habe es satt!“

„Aber Esther, ich meine es gut, ich …“

„Ja, ja, alle meinen es gut. Trotzdem mache ich, was ich will. Tschüss.“

Rosa starrt verdattert auf das Telefon. Ihr Verhalten war wohl nicht so geschickt. Sie drückt die Wahlwiederholung, aber es geht sofort die Mailbox dran. Rosa wirft einen Blick auf die MSN-Liste. Natürlich – Esther ist offline.

Von: Rosa van Dijk <rosa_vandijk@hotmail.com>
Gesendet: Freitag, 11. September 16:31 Uhr
An: Esther Jacobs <esther@xs42.nl>
Betreff: Entschuldigung

Liebe Esther,
ich wollte dich gar nicht so anmotzen. Tut mir leid, dass ich so ungeschickt war, ich habe das nicht so gemeint.

Natürlich ist das Wichtigste, dass du mit Willem glücklich bist. Please, lass uns noch mal darüber reden. Ich will mich nicht mit dir streiten. Lass bitte, s.v.p., please, ganz schnell etwas von dir hören. Ich habe dir eine Menge zu erzählen!

XXX Rosa

Von: Rosa van Dijk <rosa_vandijk@hotmail.com>
Gesendet: Freitag, 11. September 17:03
An: Jonas de Leeuw <jdl@xs22.nl>
Betreff: Schock!

Lieber Soulsearcher,
ich hoffe, du bist nicht sauer oder so. Du bist so schnell aus MSN verschwunden. Vielleicht habe ich fies geklungen, aber ich habe es nicht so gemeint.
Weißt du, es ist überhaupt nicht wahr, dass du im echten Leben nicht mutig und stark und unerschrocken bist, denn das bist du!
Und deinen Namen finde ich echt schön. Du bist mein Held, ich hoffe, das weißt du.
Bei mir läuft es gerade nicht so toll – Esther ist wütend auf mich. Stell dir mal vor, ihr Freund ist sechsundzwanzig, nicht vierundzwanzig! Ich habe sie angerufen und ihr gesagt, dass das uralt ist, und da ist sie ziemlich wütend geworden. Na ja, ich hoffe, sie wird sich wieder einkriegen.

Außerdem haben wir gestern eine Entdeckung gemacht: Saskia ist schwanger!
Noa hat im Mülleimer in ihrem Zimmer einen Schwangerschaftstest gefunden.
Ich weiß nicht so recht, was ich machen soll. Ich habe vorhin versucht, mit Saskia darüber zu reden, aber sie blockt total ab und dann wurden wir von meiner Mutter und Rosetti unterbrochen, die in den Laden kamen. Ich möchte es eigentlich nicht meiner Mutter erzählen, denn dann wäre ich eine richtige Petze und Saskia würde mir nie wieder vertrauen.
Ich habe noch mal über unser Sexgespräch in Eindhoven auf dem Spielhaus nachgedacht. Weißt du, wovor ich auch Angst habe? Vor fiesen Krankheiten und davor, schwanger zu werden. Das will ich nicht, ein Kind kriegen, solange ich selber noch fast eins bin. So wie Saskia. Und eine Abtreibung stelle ich mir absolut entsetzlich vor.
Ich habe im Internet gesurft und bin von den ganzen Verhütungsmitteln völlig wirr geworden. Ich weiß nicht, welches das beste ist, alles hat Nachteile. Am besten, ich werde Nonne und gehe ins Kloster. Oder ich heirate dich.

Viele Küsse von deiner Rosa

Party im Müllcontainer

Rosa öffnet die Tür von Nose' Container und weicht überrascht einen Schritt zurück. Aus dem Schlafzimmer ertönt Geschrei, Jungen- und Mädchenstimmen quatschen durcheinander und blauer Qualm hängt über allem. Den Geruch kennt sie. Hasch. Genau wie beim letzten Mal ist es in der Küche total unordentlich. Statt Julias Fahrrad stehen dort jetzt zwei andere Räder.

„Nose?", ruft Rosa. „Nose, ich bin da!"

Aus dem hinteren Teil des Containers erklingt lautes Gelächter. Rosa holt tief Luft und geht weiter in Richtung Schlafzimmer.

Dort sitzen acht oder neun Jungen und Mädchen. Sie haben sich auf dem Boden, dem Sofa und dem Bett verteilt und schauen einen Film an, der an die Wand projiziert wird. Im Bücherregal stehen Nose' Laptop und ein Beamer.

„Hey, Rosa! Komm her! Cooler Film!", ruft Julia, die Arm in Arm mit einem Mädchen auf dem Bett liegt. Der

Junge, der an ihrer anderen Seite sitzt, zieht an einem Joint und gibt ihn an sie weiter. Julia kichert. Sie nimmt einen tiefen Zug und lässt den Rauch mit halb geschlossenen Augen wieder entweichen.

Rosa macht einen Schritt zurück. „Wo ist Nose?", ruft sie über den Krach hinweg.

Auf einmal legt ihr jemand von hinten die Hände über die Augen.

„Guckguck! Hier bin ich!", ruft Nose und küsst Rosa in den Nacken.

„Hi! Ist das hier eine Party oder was?", fragt Rosa.

„Ja, und es ist richtig lustig!" Nose zieht sie mit in die Küche und umarmt sie. „Schön, dass du da bist, Tulpchen."

„Ja, finde ich auch, ich habe dich vermisst, Herr Nosemann." Rosa küsst ihn auf die Nase und dann auf den Mund.

„Mmm ... wie gut du doch küsst", flüstert Nose ihr ins Ohr.

„Ja, und du schmeckst nach Bier. Wer sind all diese Leute? Sie kiffen!"

„Ehrlich? Oh mein Gott, ich rufe sofort die Polizei!" Nose kichert. „Das sind Freunde von Jule. Sie wohnen auch in der Legebatterie, glaube ich."

Ein Junge kommt in die Küche und holt fünf Flaschen Bier aus dem Kühlschrank. Eine davon gibt er Nose. „Komm wieder rüber, du verpasst die spannendste Stelle."

„Ja, ich bin sofort da." Nose öffnet die Flasche und trinkt einen großen Schluck. Dann hält er sie Rosa hin. „Willst du?"

Rosa schüttelt den Kopf. „Nein danke, ich verzichte. Hey, du hast mir gar nicht erzählt, dass du eine Party machst."

Nose kichert wieder. „Ich wusste es ja bis eben selbst nicht. Feiern werden hier nicht geplant, die entstehen einfach. Jule kam mit zwei Typen vorbei, die auch ihr Fahrrad angesprüht haben wollen. Sie geben mir zwanzig Euro pro Rad!" Nose nimmt noch einen großen Schluck Bier und rülpst. Rosa verzieht das Gesicht. „Ich hatte gerade den Beamer in Gang gebracht und wollte ihn ausprobieren …"

„Woher hast du das Teil überhaupt?", unterbricht ihn Rosa.

„Von meinem Vater. Ich durfte ihn mitnehmen, weil er nicht mehr richtig funktioniert. Jedenfalls hat Jule dann noch zwei andere Leute angerufen und die haben Bier mitgebracht."

„Und Hasch. Hast du etwa auch gekifft? Du hast ganz rote Augen. Und du bist irgendwie komisch. Du kicherst die ganze Zeit so seltsam."

Nose bricht in Gelächter aus. „Auweia! Jetzt bleib mal locker, Rosa. Bisschen stoned, wen stört's?"

„Seit wann kiffst du denn? Davon weiß ich ja gar nichts."

„Es ist geheim, ein grooooßes Geheimnis", singt Nose. Er nimmt Rosa in die Arme und versucht mit ihr durch die Küche zu tanzen. Aus dem Schlafzimmer sind lautes Lachen und Geschrei zu hören. Rosa macht sich los.

„Du spinnst."

„Nein, ich liebe dich. Ich bin einfach froh, dich zu sehen."

Nose zieht Rosa wieder an sich und lässt seine Hand unter ihr T-Shirt gleiten. Rosa schiebt ihn von sich weg.

„Lass den Blödsinn. Das kannst du doch nicht machen, wenn andere Leute in der Nähe sind."

„Warum nicht? Sie sind im anderen Zimmer. Uns sieht doch keiner. Komm, wenigstens noch einen Kuss. Einen lieben, kleinen Kuss."

„Nein, lass mich in Ruhe. Mir gefällt das alles nicht. Ich habe keine Lust auf diese ganzen Leute, ich will einfach nur bei dir sein."

„Ich kann sie doch jetzt nicht wegschicken, Mausekatzenpiepsielein."

„Das brauchst du auch nicht. Ich fahre nach Hause. Und ich bin nicht dein Piepsielein."

Rosa nimmt ihren Rucksack und geht zur Tür. Nose folgt ihr ins Treppenhaus.

„Rosa, jetzt sei doch mal ein bisschen entspannter! Du bist immer so verklemmt. Du kommst mir vor wie eine mittelalterliche Gouvernante."

„Was? Eine mittelalterliche Gouvernante?" Rosa dreht sich um, ihre Augen füllen sich mit Tränen. „Findest du das wirklich?"

„Ja. Weißt du, ich habe eine eigene Wohnung, ich bin achtzehn, da verbringe ich doch nicht den Abend Zeitung lesend mit Pantoffeln auf dem Sofa! Das mache ich, wenn ich siebzig bin. Ich will einfach ein bisschen Spaß haben. Genießen. Was Lustiges machen. Was ist daran denn falsch?"

„Ja, aber diese Kifferei …"

Nose sieht sie hilflos an. „Das ist harmlos. Es hat nichts zu bedeuten. Rosa, bitte, lauf nicht schon wieder weg. Das tust du jedes Mal. So geht das zwischen uns doch nicht weiter!"

Rosa beißt sich auf die Lippe. Nose sieht lieb aus mit seiner verrückten Mütze und seinen großen, bittenden Augen. Er hat Recht, immer wenn es schwierig wird, läuft sie davon. Aber dadurch lösen sich die Probleme auch nicht in Luft auf. Und sie will Nose nicht verlieren. Sie liebt ihn, mehr als sonst jemanden auf der Welt.

Rosa wagt es nicht, die Augen zu öffnen.

Etwas drückt ihr auf den Bauch. Es ist schwer, warm und es brummt. Eine Maschine. Eine Höllenmaschine, die sie niederdrückt, immer tiefer... Es hat ein Erdbeben gegeben. Sie liegt unter den Trümmern begraben. Ihr Mund ist trocken und ihr dröhnt der Kopf. Rosa stöhnt. Etwas Feuchtes streicht an ihrer Wange entlang. Sie stößt einen Schrei aus und schreckt hoch. Mit wütendem Kreischen springt die Katze von ihr herunter.

Rosa schaut sich um. Wo ist sie?

Dann erkennt sie Nose' Schlafzimmer. Das Bett um sie herum ist völlig verwüstet, es liegen Klamotten darauf und es stinkt. Nose ist nicht da. Rosa blickt hastig an sich herunter. Sie hat ein T-Shirt und eine Unterhose an. Und Socken.

„Nose?" Ihre Stimme klingt heiser. „Nose!", ruft sie noch einmal.

Es kommt keine Antwort. Die Katze hopst wieder auf das Bett und miaut kläglich.

„Nein, Katze, hau ab, ich will nicht mit dir spielen!" Rosa verpasst ihr einen leichten Stoß.

„Hey, Mausekatze, bist du endlich wach? Du bist ja eine richtige Schlafmütze!"

Nose kommt ins Zimmer. Er trägt seinen Graffiti-Overall und auf seiner Nase prangt ein Streifen blauer Farbe. Er nimmt seine Kopfhörer ab und setzt sich neben Rosa auf das Bett.

„Na, hast du gut geschlafen?“

„Nein, ich hatte einen schrecklichen Albtraum.“ Rosa presst ihre Hand gegen die Stirn. „Mein Gott, habe ich Kopfschmerzen. Echt nicht normal.“

Nose steht auf. „Dein Gehirn ist ausgetrocknet, durch den Alkohol. Ich hole dir was zu trinken. Bleib schön liegen.“

Rosa blickt mit angewidertem Gesicht auf das Kissen, auf dem sie geschlafen hat, und schwingt lieber schnell ihre Beine aus dem Bett. Etwas wackelig auf den Füßen tapst sie ins Bad, wo Nose gerade ein Glas mit Wasser füllt.

Sie schiebt ihn zur Seite. „Geh weg, ich muss …“ Rosa sinkt vor dem Klo auf die Knie und übergibt sich.

Keuchend sackt sie danach zu Boden und wischt sich die Tränen aus den Augen.

„Was habe ich gestern getrunken?“, fragt sie leise.

„Cola mit Rum. Ich habe noch gesagt: Lass es langsam angehen, aber du wolltest nicht hören.“

„Oh, mein Kopf! Mein Magen! Mir ist so schlecht!“

„Hol mal tief Luft und atme dann ruhig wieder aus. Und trink das Glas Wasser.“

Rosa befolgt die Ratschläge. Ihre Zähne schlagen gegen das Glas. Dann hilft Nose ihr auf und stellt die Dusche an.

„Brauchst du Hilfe?“

„Nein, geh ruhig. Ich schaffe das schon.“

Rosa lässt sich auf einen Küchenstuhl fallen. Ihre Haare sind noch nass. Sie hat eine Schlafanzughose und ein T-Shirt von Nose angezogen. „*I am magic!*“, steht darauf.

Nose grinst, als er es sieht. „Tja, ‚*magic*‘, in der Tat. Willst du Spiegeleier?“

„Nein, bitte nicht!“, stöhnt Rosa.

Nose setzt sich neben sie und grinst. „Du warst gestern echt total hinüber. Du bist einfach so eingeschlafen und ich habe es nicht geschafft, dich noch mal aufzuwecken.“

„Ich habe gar nicht mehr mitbekommen, dass die Leute gegangen sind. War es spät?“ Rosa holt tief Luft, um eine neue Übelkeitswelle zu unterdrücken.

„Es war etwa zwei Uhr.“

„Oh Mann, ich fühle mich so was von schlecht.“

„Du hast einen Kater, Mausekatze.“

„Ich trinke nie wieder Alkohol.“

„Es hat dich keiner gezwungen, so viel zu trinken.“

„Ja, aber einer von den Jungs hat mir die ganze Zeit nachgeschenkt. Mir war gar nicht klar, dass das Zeug so stark ist.“

Nose lacht. „Aber du warst dadurch richtig gut drauf. Es war doch lustig, oder? Ich bin echt froh, dass du geblieben bist, Rosa.“

Rosa stöhnt. „Ja, ganz hervorragend … ganz schön bescheuert! Ich schäme mich zu Tode!“

„Du wolltest nicht mehr so verklemmt sein, erinnerst du dich?“ Nose kneift ihr in die Wange.

„Au! Lass das!“

„Meine kleine Saufnase. Ich liebe dich.“

Rosa lehnt ihren Kopf an seine Schulter. „Ich dich auch. Wie lange bist du schon auf?“

Nose zeigt mit dem Kinn zur offenen Tür. Im Treppenhaus stehen die beiden Fahrräder, umringt von Spraydosen. „Schon zwei Stunden, seit halb neun. Das Linke ist fast fertig. Gefällt es dir?“

Rosa kneift die Augen zu schmalen Schlitzen. „Es ist bestimmt wunderschön. Nur sehe ich leider nichts, meine Augen funktionieren noch nicht.“

Nose zieht sein Handy aus der Tasche. „Ich an deiner Stelle würde mal meine Mutter anrufen. Sie macht sich bestimmt wahnsinnige Sorgen.“

Rosa klappt ihr Handy auf und zögert. Verlegen kratzt sie sich am Kopf.

„Hey, Nosie, dumme Frage, aber … haben wir heute Nacht irgendwas gemacht?“

Nose lacht. „Nein, Witzbold. Du warst echt im Koma. Schnarchen war das Einzige, was du heute Nacht gemacht hast. Und zwar extrem laut!“

Schwestern

„Hey, mach mal Platz!“

Rosa zieht ihre Hausschuhe aus und kriecht neben Noa ins Bett.

„Ah, Rosa, da bist du ja wieder!“, flüstert Noa erfreut und legt ihr Buch weg. „Bist du gerade aus Rotterdam zurückgekommen?“

„Ja, vor einer halben Stunde. Wo sind denn alle?“

„Herr Rosetti und deine Mutter sind in der Oper, Abel liegt neben Jade im Reisebett.“

„Ja, das habe ich gesehen.“

„Ich bin froh, dass du da bist, ich bin nicht so gern alleine im Haus.“

„Du hättest doch Samuel fragen können.“

„Der war vorhin hier“, sagt Noa, „aber er ist schon wieder weg. Er ist mit Freunden ins Kino gegangen.“

„Wolltest du nicht mit?“

„Schon, aber ich musste doch babysitten!“

„Du hättest doch sagen können, dass du andere Pläne hast."

„Nein, ach was. Ich bin so froh, dass ich hier wohnen darf, noch dazu umsonst. Ich mache alles, worum mich deine Mutter bittet."

„Du bist die ideale Tochter. Du bist immer freundlich, beschwerst dich nie, du hilfst meiner Mutter beim Kochen, babysittest, räumst auf, gehst einkaufen ... Wo ist Saskia eigentlich?"

„Auch unterwegs natürlich. Total gestylt und in eine Wolke Parfüm gehüllt. Und weißt du, womit sie heute Nachmittag nach Hause gekommen ist?"

„Nein. Wieso? Sie musste doch heute arbeiten. Es ist Samstag!"

„Ja, aber sie ist nicht zur Arbeit erschienen, Herr Rosetti und deine Mutter waren ziemlich sauer. Sie ist einfach bis zwölf im Bett geblieben und dann weggegangen."

„Hm", sagt Rosa. „Vielleicht kann ich meinen Job zurückhaben. Ich bin pleite. Aber was hat Saskia denn nun?"

„Du glaubst es nicht. Eine Haarverlängerung", flüstert Noa. „Lange blonde Locken! Bis über die Schultern!"

Rosa prustet los. „Eine Haarverlängerung! Saskia! Das passt doch überhaupt nicht zu ihr!"

„Psst! Gleich werden noch die Kleinen wach. Doch, ehrlich, Locken, die ihr bis auf den Rücken herunterhängen."

„Saskia mit wallendem Haar! Das ist doch ein Witz!", kichert Rosa.

„Ja, aber Rosa, wovon hat sie das bezahlt? Woher hat sie so viel Geld?"

Rosa hört auf zu lachen. „Ja. Das passt echt nicht zusammen. Ich denke lauter schreckliche Sachen und hoffe, dass sie nicht wahr sind. Und schwanger ist sie auch noch!"

„Hast du es schon deiner Mutter erzählt?"

„Nein, Saskia würde es mir nie verzeihen, wenn ich das mache."

„Aber wir müssen irgendwas tun, Rosa."

„Ja, ich weiß. Ich habe schon versucht mit ihr zu reden, aber es ist nichts aus ihr herauszukriegen."

„Ich habe einfach Angst, dass sie total wütend wird."

„Ja, ich auch. Sie kann dann so verletzende Dinge sagen."

„Wenn sie das nächste Mal ausgeht, könnten wir sie verfolgen", flüstert Noa.

„Ja, aber wie? Sie wird mit dem Auto abgeholt!"

„Mit einem Taxi, wie im Film."

„Das geht nicht, sie geht nie exakt zur selben Zeit weg. Und wir können nicht stundenlang in einem Taxi warten."

„Hm … das stimmt. Dann weiß ich auch nicht."

Rosa zieht an dem großen Kopfkissen. „Hey, gib mir auch mal ein Stück."

Sie schnuppert an Noas Haaren. „Ich kann riechen, dass du heute arbeiten warst."

„Ich habe sie danach gewaschen! Fühl mal, sie sind noch feucht!"

Rosa streicht Noa übers Haar. „Ich wollte dich nur ärgern, du riechst nach Rosen. War es okay auf der Arbeit?"

„Geht schon. Ich kann keine Frikadellen mehr sehen. Hey, aber weißt du, wer im Imbiss war?"

„Nein, woher denn?"

„Meine Cousine. Du weißt schon, Yussufs Schwester."

„Wie heißt sie noch gleich?"

„Fatima. Ihr zweites Kind ist da, sie hatte es im Kinderwagen dabei. Ganz süß, ein Mädchen. Und sie hat mir erzählt, dass Yussuf heiratet. Anissa!"

„Ehrlich? Wie alt ist Yussuf?"

„Er ist einundzwanzig. Ich bin froh, dass die beiden wieder zusammengefunden haben. Es wird ein großes Fest geben."

Noas Stimme klingt traurig und Rosa sieht, dass ihr Tränen in den Augen stehen. Sie nimmt ihre Hand.

„Und du darfst nicht kommen?"

„Von Yussuf aus schon, hat Fatima gesagt. Er ist nicht mehr wütend auf mich. Aber er kann mich nicht einladen. Meine Eltern kommen ja auch."

„Ach Mensch, das ist alles so kompliziert."

„Es ist vor allem wegen meines Vaters", sagt Noa. „Fatima hat auch erzählt, dass meine Mutter mich schrecklich vermisst, aber dass mein Vater ein Dickkopf ist, der nicht nachgibt. Ich vermisse sie und meine kleinen Brüder auch entsetzlich."

„Versuch doch mal, mit deiner Mutter zu reden", sagt Rosa.

„Aber wie?"

„Da fällt uns schon was ein", sagt Rosa. „Wo ein Wille ist, ist auch ein Weg, sagt meine Mutter immer. Ich werde dir helfen."

Noa wischt eine Träne weg.

Rosa drückt Noas Hand. „Ich finde es schön, mit dir zu reden. Es ist fast, als wärst du meine Schwester."

Noa nickt und schnäuzt ihre Nase. „Ich finde es auch toll, Rosie. Ich bin so froh, dass ich dich habe. Du und deine Familie bedeuten so viel für mich."

Dann setzt sie sich auf und sieht Rosa neugierig an. „Hey, aber jetzt erzähl mal, du hast zum ersten Mal bei Nose übernachtet! Wie war es?"

Rosa lacht. „Nicht, wie du denkst. Nicht im Geringsten. Es gab so eine Art Party und ich habe viel zu viel getrunken."

„Du trinkst doch sonst nie!"

„Na ja, fast nie. Ich vertrage auch nicht besonders viel."

„Aber warum hast du es dann gemacht?"

„Ich habe mich mit den vielen Leuten total unwohl gefühlt und vor Nervosität habe ich das Zeug zu schnell runtergekippt. Es war eine Mischung aus Rum und Cola. Mir war nicht klar, wie viel Alkohol da drin war. Nose hat gesagt, ich sei auf einmal umgefallen und dann hätte ich wie ein Stein geschlafen."

„Ihr habt also nichts gemacht?"

Rosa lacht. „Nein, ich habe nur geschnarcht und als ich wach geworden bin, musste ich kotzen. Mir ging es so was von schlecht! Ich trinke nie wieder was."

„Romantisch", sagt Noa mit spöttischem Grinsen.

Rosa grinst. „Findest du es okay, wenn ich heute Nacht hier schlafe?"

„Natürlich."

„Soll ich jetzt das Licht ausmachen?"

„Ja, gern."

Rosa knipst die Nachttischlampe aus.

Noa gibt ihr einen Kuss und dreht sich um. „Schlaf gut, Schwesterherz."

„Gute Nacht, Schwester."

Rosa starrt in die Dunkelheit. Im Nebenzimmer hört sie Abel im Schlaf vor sich hin murmeln.

„Hey, Noa", flüstert sie dann. „Schläfst du schon?"

„Fast."

„Hast du schon mit Samuel geschlafen?"

„Nein, und das tue ich auch nicht. Erst wenn ich verheiratet bin."

„Das ist nicht dein Ernst."

„Doch, klar ist das mein Ernst."

„Und er ist damit einverstanden?"

„Ja."

Rosa zögert. „Nose will mit mir schlafen. Aber ich will nicht."

„Dann musst du es auch nicht."

„Ja, aber … Ich habe Angst, dass er, wenn ich es nicht tue …"

„Was?"

„Na ja, es gibt dort so viele hübsche Mädchen, und diese Julia hängt die ganze Zeit mit ihm rum. Ich glaube, sie ist in ihn verliebt."

„Wenn Nose dich wirklich liebt, dann wird er auch warten, bis du so weit bist", sagt Noa.

Rosa nickt. „Das hoffe ich."

Dr. Love

Von: Jonas de Leeuw <jdl@xs22.nl>
Gesendet: Sonntag, 13. September 15:28
An: Rosa van Dijk <rosa_vandijk@hotmail.com>
Betreff: Safer Sex

Liebes Rosalein,
nein, Quatsch, ich bin dir nicht mehr böse. Ich habe dir längst verziehen. Du bist doch meine Heldin. Und du bist echt lieb.
Ich habe auch ein bisschen im Internet rumgesurft. Du hast Recht, zum Thema Verhütung gibt es jede Menge Infos. Total verwirrend.
Bin ich froh, dass ich mir über Schwangerschaft keine Gedanken machen muss. Aber es gibt Dinge, die für uns beide wichtig sind. Zum Beispiel alles über Aids und so. Auch ein ziemlich krasses Thema.

Sex-Survival-Tipps

1. Nimm die Pille.
2. Lass dir eine Spirale einsetzen (was immer das ist).
3. Benutzt ein Kondom.
4. Und ein Pessar. Das ist so etwas ähnliches wie ein Kondom für Frauen.
5. Zieht am besten beide einen Taucheranzug an, dann kann nichts passieren!

Die Liebe ist ein Dschungel
mit wilden Tieren auf der Lauer.
Du musst dich gegen sie schützen,
sonst wird dein Leben plötzlich grauer.
Schwirrt man auch nur ein wenig herum,
dann haut es einen ganz schnell um.
Überall warten Schlangen und Ameisen,
die einen dann ohne Warnung verspeisen.
Eine Falle, ein Strick
und Hopp, bricht man sich das Genick.
Als Kompass nimm dein Herz,
ich wünschte, es ginge auch ohne Schmerz.

Grüße von Dr. Love

Von: Rosa van Dijk <rosa_vandijk@hotmail.com>
Gesendet: Sonntag, 13. September 20:56
An: Jonas de Leeuw <jdl@xs22.nl>
Betreff: Böser Junge!

Hi, Joni,
gut, dass du nicht sauer bist. Danke für deine großartigen Ratschläge, das sind die besten Survival-Tipps aller Zeiten. Und was für ein tolles Gedicht! Bin absolut deiner Meinung.
Ich habe versucht, dich anzurufen, auf dem Handy, aber da ging nur die Mailbox dran. Habe dann die Festnetznummer gewählt und hatte deine Mutter an der Strippe. Sie hat auf mich eingeredet, ob ich nicht mal mit dir sprechen könnte, weil sie sich solche Sorgen um dich macht. Weil du nur vor dem Computer sitzt und nichts für die Schule tust und schwänzt und launisch bist. Jonas! Böser Junge! Was soll bloß aus dir werden?
So, fertig, ich habe mit dir geredet.
Oh, ich bin fix und fertig, habe heute Nacht viel zu wenig geschlafen. Ich habe bei Noa übernachtet. Und weil Mama und Ravioli unterwegs waren, lag Abel in Saskias Zimmer. Er ist die ganze Zeit herumgegeistert und wollte zwischen uns liegen. Saskia war aus und kam erst um vier Uhr nach Hause. Sie hat alle Lichter angemacht und war furchtbar laut. Die Kinder waren natürlich sofort hellwach. Saskia war übertrieben gut gelaunt. Irgendwie nicht normal. Sie hat ununterbrochen geredet. Sie war betrunken oder sonst irgendwas, das war ganz offensichtlich. Und, du wirst es nicht glauben, sie hat eine Haarverlängerung machen lassen! Die war allerdings

gleich wieder hin, denn Jade hat dran gezogen und da hat sich ein Teil gelöst. Saskias Stimmung ist auf der Stelle umgeschlagen und sie ist schrecklich wütend

geworden. Sie hat Jade eine Ohrfeige verpasst! Jade hat losgebrüllt und Abelchen hat natürlich gleich mitgeschrien. Wegen des Lärms kamen auch noch Herr Cannelloni und meine Mutter nach oben und wurden wütend und sagten, dass es so nicht mehr weitergeht, und da ist Saskia einfach abgehauen.
Sie benimmt sich einfach ständig total daneben. Schon wieder. Wir denken jedes Mal, dass sie sich ändert, und sie verspricht es auch, aber es wird nie was daraus. Und dann ist sie auch noch schwanger! Habe ich das schon erzählt? Ich weiß es gar nicht mehr, mein Kopf läuft über. Auf jeden Fall habe ich meiner Mutter erzählt, dass sie nachts mit einem Auto abgeholt wird, und jetzt sitzen wir alle da und warten auf Saskia, aber sie ist immer noch nicht zurück. Und ans Handy geht sie auch nicht. Ich habe solche Angst, dass Herr Rosetti sagt, dass sie ausziehen muss. Wo soll sie denn hin? Und was passiert dann mit Jade? Ich hoffe so sehr, dass sie bald nach Hause kommt und nichts Unüberlegtes tut.

Küsschen von Rosa

Rosa zieht ihr Skizzenbuch heraus und blättert darin. Als sie gerade mit einer Bleistiftzeichnung begonnen hat, leuchtet das MSN-Icon von Nose auf.

Nose: Hi, Mausi. Was machst du gerade?
Rosa: Ich habe gezeichnet.
Nose: Was denn?

Rosa: Einen Entwurf für ein Piece.
Nose: Und mit welchem Text?
Rosa: What do you want?
Nose: Hmmm … Und was willst du?
Rosa: Ein komplett neues Outfit, den Lottojackpot gewinnen, meinen Abschluss kriegen, ohne Prüfungen schreiben zu müssen, Friede auf Erden und Glück für alle Zeit. Und was willst du?
Nose: Bei dir sein. Ich vermisse dich.
Rosa: Du bist so lieb. Das will ich auch, aber ohne die ganzen anderen Leute. Nur wir zwei.
Nose: Ja. ☺ Endlich!!
Rosa: Nein, so meine ich das nicht.
Nose: Oh, schade …
Rosa: Ist das eigentlich das Einzige, woran Jungs denken?
Nose: Was?
Rosa: SEX.
Nose: IBTB!
Rosa: Äh … Lass mich raten. Internationale Bodybuilder- und Teetrinker-Bewegung?
Nose: Nein, Ich Bin Tief Beleidigt.
Rosa. Tut mir leid.
Nose: Das will ich dir auch geraten haben, ich denke nämlich überhaupt nicht nur an Sex. Aber seit ich zu Hause ausgezogen bin, immer öfter, das muss ich schon zugeben. ☺

Rosa: Wie war es heute in der Hochschule?
Nose: Willst du jetzt vom Thema ablenken?

Rosa: Nein, aber wir reden ein anderes Mal drüber, ja? Nicht in MSN.
Nose: Okay.
Rosa: Zweiter Versuch: Hattest du einen guten Tag in der Akademie?
Nose: Ja, war okay.
Rosa: Klingt ja nicht wirklich begeistert.
Nose: Doch, schon.
Rosa: Sind denn nette Leute in deiner Klasse?
Nose: Ja, klar. Die sind alle ganz in Ordnung.
Rosa: Und was macht deine Katze?
Nose: Dein bester Freund? Hey, dieses Mal warst du gar nicht mehr allergisch!
Rosa: Wozu Alkohol nicht alles gut ist. Ich glaube, ich bin allergisch gegen Staub. Als ich beim Umzug meinen Kleiderschrank ausmisten musste, habe ich auch ständig geniest.
Nose: Hm. Könnte sein. Aber noch mal zu meiner Katze. Die hat mir heute Nacht ein Geschenk mitgebracht. Eine Maus. Lag auf meinem Kissen.
Rosa: Aaaargh! Eine tote Maus?
Nose: Nein, sie hat noch gelebt.
Rosa: Bäh, und dann?
Nose: Die Maus ist von meinem Bett gesprungen und unter den Schrank gekrochen und hat mich von dort aus ausgelacht.
Rosa: ☺ Hast du sie erwischt?
Nose: Ich habe sie mit viel Mühe in eine Schachtel befördert und rausgeschmissen.

Rosa: Vom Balkon? Die Arme!

Nose: Nee, ich bin mit ihr nach unten gelaufen und habe sie in die Büsche gesetzt. Ich bin ein echter Tierfreund!

Rosa: Daher kommt also der Mief in deinem Küchenschrank.

Nose: Ach so, jetzt wird mir einiges klar! Diese schwarzen Kugeln waren gar keine Schokopops! Ich habe schon gedacht: Das Zeug schmeckt irgendwie komisch.

Rosa: Ihhhh!

Nose: War ein Witz. Wie läuft es bei dir zu Hause?

Rosa: Krise! Saskia ist mal wieder abgehauen.

Nose: Und das sagst du jetzt erst? Wann?

Rosa: Heute Nacht. Sie ist gegen vier Uhr nach Hause gekommen und hat sich ziemlich komisch aufgeführt, sie hat eine Megaszene hingelegt! Meine Mutter und Spaghetti sind echt total sauer geworden. Und dann hat Saskia die Flucht ergriffen.

Nose: Schon wieder! Und Jade?

Rosa: Die war natürlich total durcheinander. Abel auch. Wir haben danach kaum noch geschlafen. Ich bin fix und fertig.

Nose: Hast du schon mit ihr über ihre Schwangerschaft gesprochen?

Rosa: Nein, sie blockt total ab. Aber ich habe meiner Mutter erzählt, dass sie nachts abgeholt wird.

Nose: Und?

Rosa: Sie hat einen Anfall gekriegt. Sie hat die Polizei angerufen, aber die kann nichts machen.

Nose: Blöde Situation.

Rosa: Wahrscheinlich hat Saskia auch Geld aus der Kasse geklaut.
Nose: Das ist nicht dein Ernst!
Rosa: Herr Rosetti glaubt es. Aber das Komische ist, dass in seinem Portmonee manchmal zu viel Geld war, darum ist er sich nicht sicher.
Nose: Oh Mann, Saskia ist echt unmöglich. Sie reitet sich immer wieder selbst rein.
Rosa: Ja, total bescheuert.
Rosa: Du, Nosie, ich wollte dich noch was fragen. Wie oft kiffst du eigentlich?
Nose: Das ist dir vermutlich beim Stichwort ‚bescheuert' eingefallen ...
Rosa: Ja, stimmt, und?
Nose: Ab und zu.
Rosa: Was heißt ab und zu?
Nose: Halt mal hier und mal da.
Rosa: Was heißt jetzt mal hier und mal da?
Nose: Sag mal, ist das ein Verhör oder was?
Rosa: Nein, ich will es einfach gerne wissen. Mir gefällt es nicht, dass du das machst. Du bist dann so komisch.
Nose: Wie, komisch?
Rosa: Na ja, einfach anders. Du kicherst die ganze Zeit rum und machst Sachen, die du normalerweise nicht tun würdest.
Nose: Das in der Küche? Ach komm, jetzt mach mal nicht so eine große Sache daraus.
Rosa: Trotzdem gefällt es mir nicht.
Nose: Vielleicht solltest du einfach mitmachen.

Rosa: Nein, ich mach das nicht. Ich will keine Drogen nehmen.
Nose: Was glaubst du denn, was Alkohol ist?
Rosa: Das ist etwas anderes.
Nose: Alkohol ist auch eine Droge. Ich finde, du solltest es mir selbst überlassen, was ich tue.
Rosa: Mache ich ja. Aber ich darf doch wohl sagen, was ich davon halte? Sollten wir nicht ehrlich zueinander sein? Ich will nicht, dass du noch mal stoned bist, wenn ich da bin!
Nose: Rosa, hör auf! Du benimmst dich, als wärst du meine Mutter! Lass mich in Ruhe.
Rosa: Okay, dann mach doch, was du willst. Schöne Grüße.

Wütend geht Rosa offline. Sie steht auf und setzt sich ans Fenster. Draußen ist es schon fast dunkel. Rosa kaut wütend an ihren Fingernägeln herum. Nach einer Minute klingelt ihr Handy, aber sie geht nicht dran.

Seltsamer Besuch und ein gutes Gespräch

„Schön, dass du kurz aushilfst, Rosa, *grazie*!“ Herr Rosetti legt drei Irissträuße neben ihr ab. „Du hast wirklich Talent zum Blumenbinden. Letztens war sogar eine Kundin hier, die ausdrücklich nach dir gefragt hat. Sie möchte, dass du ihr für einen Geburtstag etwas Besonderes machst.“

„Ehrlich?“

Herr Rosetti nickt. „Du kombinierst die Blumen sehr originell. So erfrischend. Hättest du morgen nach der Schule auch Zeit, eine Stunde auszuhelfen? Deine Mutter und ich müssen die Tische und Stühle aussuchen.“

„Ich denke, das wird schon gehen. Ich habe um zwei Uhr Schluss. Manno, ich hoffe nur, dass Saskia bald nach Hause kommt. Sie ist jetzt schon drei Nächte weg.“

„Wir sind auch sehr beunruhigt. Aber wir können nicht viel tun. Sie wird schon wieder auftauchen, Rosa. Und dann werden wir ein ernstes Wörtchen mit ihr reden. Ich glaube, dass sie Hilfe braucht.“

„Die kriegt sie doch! Von uns!“

„Professionelle Hilfe. Saskia hat viel durchgemacht.“

„Ja, ihre Mutter war oft betrunken und hat sich nie richtig um sie gekümmert. Ich kenne Saskia schon seit der Grundschule, und schon damals hat sie oft ganz alleine den Einkauf erledigt. Jedenfalls, wenn Geld da war. Und ihren Vater hat sie nie kennengelernt, der war nämlich schon weg, bevor sie geboren wurde.“

„Ich weiß.“ Herr Rosetti schüttelt den Kopf. „Ich möchte ihr gerne helfen, auch Jade zuliebe. Aber sie muss es natürlich selbst wollen.“

„Ja …“

Das Tuch vor dem Loch hinter der Theke wird zur Seite geschoben und ein Mann in einem Arbeitsoverall streckt seinen Kopf durch die Öffnung. „Herr Rosetti, könnten Sie kurz gucken kommen?“

„Ich komme, ich komme! Rosa, du rufst mich, wenn es hier voll wird, ja?“

Rosa nickt und kümmert sich wieder um den Blumenstrauß, an dem sie vorhin gearbeitet hat.

Die Türglocke läutet und Joya kommt herein, gefolgt von einem dunkelhäutigen Jungen mit kurzem, lockigem Haar. Er hat ein freundliches Gesicht und trägt ein buntes T-Shirt, eine kurze Hose und knallgelbe Flipflops.

Joya grinst. „Das ist Dwight, Rosa.“

Rosa wischt sich die Hände an ihren Shorts ab und gibt Dwight verlegen die Hand.

„*Nice to meet you, Rose*“, sagt Dwigth. „*I' ve heard a lot about you. Your name suits you.*“

Rosa wird rot.

Joya hält stolz Dwights Hand. „Wir waren gerade in der Nähe. Wir wollten nur kurz Hallo sagen, bevor wir was essen gehen und dann ins Kino."

Die Türglocke läutet noch einmal und ein großer, dünner Mann kommt herein. Er blickt sich suchend um.

„Ist, äh … ist Sabine nicht da?"

„Sabine? Ach, Sie meinen Saskia! Nein", antwortet Rosa. „Die ist nicht da."

Der Mann sieht etwas mitgenommen aus und ihm fehlt ein Eckzahn.

„Vielleicht kann ich Ihnen helfen?", fragt Rosa.

Der Mann wirft einen Blick auf Joya und Dwight. „Ähm, nein … ich denke nicht."

„Möchten Sie Blumen kaufen?"

„Nein. Können Sie mir Saskias Nummer geben?"

Rosa sieht, dass Joya, die hinter dem Mann steht, den Kopf schüttelt.

„Äh … die habe ich leider nicht."

Der Mann beugt sich über die Theke. „Aber sie arbeitet doch hier, dann musst du doch ihre Nummer haben."

Erschrocken macht Rosa einen Schritt zurück. „Nein, ich habe sie wirklich nicht."

Der Mann schlägt mit der Faust auf den Ladentisch. „So ein Schwachsinn! Du lügst mich doch an, du blöde Tussi!"

Dwight tritt einen Schritt vor und packt ihn am Arm. *„Hey, mate, calm down, what's going on?"*

Der Mann reißt sich los. „Halt du dich da raus!" Mit wütendem Gesicht verlässt er den Laden.

Dwight sieht Rosa fragend an. *„Do you know this guy?"*

Rosa schüttelt den Kopf und atmet erleichtert auf. „Puh, bin ich froh, dass ihr hier wart. Was für ein fieser Typ."

„Saskia gibt sich mit seltsamen Leuten ab", sagt Joya.

„Allerdings. Der sah richtig gefährlich aus."

„Ja, dafür braucht man kein Hellseher zu sein", antwortet Rosa. „Hoffentlich kommt der nicht wieder."

„Thanks baby", sagt Joya und kneift Dwight zärtlich in den Oberarm.

„You are welcome, honey", sagt Dwight und gibt ihr einen Kuss. *„Hey, babe, we have to go, otherwise we'll go to the movie on an empty stomach."*

Joya lächelt ihn verliebt an. „Bis morgen in der Schule, Rosa."

Rosa hebt die Hand. „Viel Spaß, *bye Dwight, nice to meet you! And thanks!*"

„Wie läuft es eigentlich mit dem Umbau?", fragt Rosa.

Sie sitzt mit ihrer Mutter am Tisch, Jade und Abel nebeneinander in den Hochstühlen. Rosas Mutter gibt Abel noch etwas Reis auf den Teller, den er gierig in sich hineinstopft.

Rosa pufft ihn in die Seite. „Abel, schmatz nicht so, sei der Dame neben dir ein Vorbild."

Rosas Mutter lacht. „Es geht jetzt endlich voran. Der Installateur ist mit der Küche fast fertig und nächste Woche fängt der Stuckateur an."

„Es wird bestimmt alles sehr schön", sagt Rosa.

„Ja, das glaube ich auch. Es ist aber auch noch ein ziemlicher Aufwand, bis alles fertig ist. Sag mal, du und Nose, ihr wolltet doch noch das Logo entwickeln und einen Entwurf für die Speisekarten machen."

„Machen wir auch, aber wir wissen den endgültigen Namen ja noch nicht."

„Ach ja, da haben wir uns was überlegt. Was hältst du von *Rosetti Bianco?* Klingt doch gut? Rosetti ist ja klar und ich hieß früher mal de Wit. Das bedeutet so viel wie *weiß*. Und das heißt auf Italienisch *bianco*."

„*Rosetti Bianco* ... Ja, nicht schlecht. Aber Rosetti bedeutet nicht zufällig Rose, oder?"

„Nein. Rose heißt auf Italienisch *Rosa*."

Rosa lacht. „Wie witzig. Meinst du, dass wir bei dem Logo trotzdem irgendwas mit weißen Rosen machen können? Das könnte ich mir gut vorstellen. Weiße Graffitirosen."

Rosas Mutter nickt begeistert. „Klingt gut."

Rosa schiebt gedankenverloren die Bohnen auf ihrem Teller hin und her. „Mama ... läuft es eigentlich gut zwischen dir und Herrn Spaghetti?"

Rosas Mutter blickt sie erstaunt an. „Ja, sogar sehr gut. Wieso?"

„Ach nur so. Ich habe mir Sorgen gemacht. Ihr hattet in letzter Zeit ziemlich viel Streit."

„Das war kein Streit, Rosa. Wir haben durch den Umbau jede Menge Stress. Das ist alles."

„Werdet ihr heiraten?"

„Das hast du ja wohl mitbekommen ... Nein, Enrico will nicht", antwortet Rosas Mutter betrübt.

„Warum nicht?"

„Er sagt, dass das jetzt nicht der richtige Zeitpunkt sei."

Abel klettert aus seinem Hochstuhl und sofort will Jade es ihm nachmachen.

„Hey, junge Dame, aufgepasst, das kannst du noch nicht alleine." Rosa stellt sie auf den Boden. „Abel, wenn du schön mit Jade spielst, lese ich gleich eine Geschichte vor, ja?"

„Du bist echt lieb zu den Kindern, Rosa. Ich bin stolz auf dich", sagt Rosas Mutter lächelnd.

Rosa grinst. Sie holt ein Tuch und wischt den Tisch ab.

„Es ist schön, dass wir beide mal allein sind, Mama. Kommt nicht mehr oft vor."

„Nein, wir haben auf einmal eine sehr große Familie. Eigentlich ganz schön, findest du nicht?"

„Ja, aber so wie jetzt gefällt es mir auch."

„Wir stecken die beiden Knirpse gleich ins Bett. Wollen wir dann zusammen einen Film anschauen?"

Rosa nickt erfreut.

„Bis wann muss Noa arbeiten?"

„Bis elf Uhr."

Rosas Mutter stellt die Pfannen in den Schrank und hängt das Geschirrtuch an den Haken. „Hat sie eigentlich genug Zeit für ihre Hausaufgaben?"

„Ich weiß es nicht. Sie macht sie meistens morgens vor der Schule."

„Sie ist wirklich ein fleißiges Mädchen. Hat sie noch mal was von ihrer Familie gehört?"

„Nur über ein paar Ecken. Ihre Mutter scheint sie sehr zu vermissen. Aber ihr Vater ist dickköpfig. Noa ist deswegen immer noch wahnsinnig traurig."

Nachdenklich trocknet Rosas Mutter eine Schüssel ab.

„Ich wünschte, ich könnte ihr helfen. Vielleicht sollte ich mal versuchen mit ihrer Mutter zu reden."

„Ja … das ist eine gute Idee."

„Ich habe bloß im Moment so schrecklich viel zu tun. Das ist mein erster freier Abend seit Wochen."

„Ich könnte es auch versuchen." Rosa schlendert durch die Küche und füllt den Wasserkocher mit Wasser. Dann öffnet sie den Küchenschrank, schließt ihn wieder und zieht gleich darauf eine Schublade auf.

Rosas Mutter sieht sie an. „Raus mit der Sprache, Rosa. Ich sehe doch, dass du irgendetwas hast. Geht es um Nose? Tut mir übrigens leid, dass ich letztens damit angefangen habe, als alle dabei waren. Das war ungeschickt von mir."

„Nein, schon okay. Darüber will ich jetzt nicht reden. Weißt du, ich finde es ja toll, dass du mit Herrn Rosetti den Laden eröffnest, aber müssen auch gleich die beiden Wohnungen im ersten Stock verbunden werden? Ich halte da nichts von und …"

„Aber Rosa, darüber haben wir doch schon so oft …"

Rosa sieht ihre Mutter mit flehendem Blick an. „Jetzt lass mich doch bitte ausreden. Mama, ich will keinen Stiefvater mehr. Warum macht ihr nicht erst mal nur eine Tür zwischen die Wohnungen? So behält jeder seinen Bereich. Das ist doch viel besser, als *eine* Wohnung daraus zu machen. Das Wohnzimmer von Herrn Rosetti grenzt an unseres. Da könnte doch eine Tür dazwischen. Geht das nicht? Das ist doch ganz einfach. Und wenn es schiefgeht, machen wir den Durchgang einfach wieder zu."

Rosas Mutter sieht sie prüfend an. „Rosa, hast du so wenig Vertrauen? Ich dachte, dass Enrico und du gut miteinander klarkommen."

„Das stimmt auch. Ich finde ihn sehr nett. Aber Mama, erinnerst du dich, dass sich Alexander auch mit der Zeit verändert hat und was das für eure Beziehung bedeutet hat? Zwischen euch ist alles schiefgegangen und dann warst du eine ganze Weile furchtbar unglücklich …"

„Rosa, das passiert wirklich nicht wieder, davor brauchst du keine Angst zu haben."

„Habe ich aber. Du überstürzt immer alles so. Du hast Affenarsch kennengelernt und bist sofort zu ihm nach Groningen gezogen und hast Abel gekriegt, und dann ist Affenarsch gestorben und du musstest auf einmal nach Amsterdam ziehen …"

„Weil ich hier Arbeit gefunden habe …"

„Und jetzt überleg doch mal: Wie lange kennst du Herrn Rosetti denn schon? Noch nicht mal ein halbes Jahr. Und du hast schon deinen Job gekündigt, unser Haus verkauft, eröffnest ein Geschäft mit ihm und willst ihn heiraten!"

Rosas Mutter sieht Rosa traurig an. „So denkst du also über mich? Dass ich leichtsinnig und impulsiv bin?"

„Nein, ja, schon irgendwie …" Rosa setzt sich neben ihre Mutter und nimmt ihre Hand. „Aber ich hab dich lieb. Mir macht das alles bloß Angst. Bitte, Mama, denk noch mal über die Tür nach. Ich finde die Idee richtig gut."

Game-Junkie-Alarm

Von: Rosa van Dijk <rosa_vandijk@hotmail.com>
Gesendet: Freitag, 18. September 15:14
An: Esther Jacobs <esther@xs42.nl>
Betreff: Entschuldigung 2

Hi, Esi,

Survival-Tipps für echte Freundschaft

1. Vernachlässige deine Freundin nicht, auch wenn du bis über beide Ohren verliebt bist.
2. Wenn ihr Streit habt, kehrt es nicht unter den Teppich, sondern sprecht euch aus.
3. Verzeiht einander. (Jeder macht doch mal einen Fehler.)
4. Bleibt in Kontakt, auch wenn ihr weit voneinander entfernt wohnt.
5. Unterstützt euch in schwierigen Zeiten.

Ich höre überhaupt nichts mehr von dir. Noch mal: Es tut mir leid, dass ich deinen Freund zum Greis abgestempelt habe, ich habe das nicht so gemeint. Ich war einfach nur überrascht. Verstehst du das nicht?
Ich bin irrsinnig neugierig auf ihn und wie es bei euch läuft und ich vermisse es, mit dir zu reden. Hier geschehen jede Menge schockierende Dinge, also hopp, meld dich wieder bei MSN an und/oder geh ans Telefon!

Küsschen von Rosie

PS: Ich werde schon mal ein paar Geheimnisse lüften: Ich habe Streit mit Nose (Überraschung!), Jonas ist süchtig nach einem Computerspiel, Joya ist in einen Aborigine verliebt, Saskia ist schwanger und abgehauen und mein Vater wandert bald nach Suriname aus.

Von: Rosa van Dijk <rosa_vandijk@hotmail.com>
Gesendet: Freitag, 18. September 15:39
An: Jonas de Leeuw <jdl@xs22.nl>
Betreff: Game-Junkie-Alarm

Hey, alter Game-Junkie,
deine Mutter hat mich gestern Abend schon wieder angerufen. Sie klang echt ziemlich verzweifelt. Sie hat gesagt, dass du nicht mal mehr mit ihnen am Tisch isst, weil du um jeden Preis dieses Spiel spielen willst. Und dass du bis tief in die Nacht am Computer sitzt.

Langsam beginne ich mir auch Sorgen um dich zu machen. Darum ein paar Survival-Tipps:

Entzug-Tipps für Computersüchtige

1. Frag dich selbst, warum du so viel spielst. Die Antwort darf dabei nicht sein: Weil es mir Spaß macht (das ist nicht der wirkliche Grund).
2. Setze dir selbst ein Zeitlimit, wie lange du täglich spielen willst (Küchenwecker!), und halte dich daran.
3. Wenn das nicht klappt, bitte deine Mutter, deine Tastatur zu verstecken.
4. Versuch andere Dinge zu finden, die dir Spaß machen (ein paar Beispiele: Briefmarken sammeln, sticken, Kuchen backen oder einen Fernkurs Japanisch).
5. Geh ins Fitnessstudio!

Du kannst auch einen Spezialisten anheuern. Ich kenne einen guten: Dr. Rosa Famosa. Sie kann Leute innerhalb von einer halben Stunde von ihrer Sucht heilen. Ohne Entzugserscheinungen. Sie ist sehr teuer und es tut auch ein bisschen weh, habe ich gehört, aber es funktioniert! Wenn du Interesse hast, dann lass es mich wissen.

Ein dicker, fetter Kuss von deiner Rosie

PS: Die oben stehenden Tipps habe ich mir selber ausgedacht. Dann habe ich mal die Stichwörter *Computerspiele + Sucht* gegoogelt. Ich habe mich zu Tode erschreckt. Weißt du eigentlich, wie gefährlich das Ganze ist? Du kannst davon wirklich richtig abhängig werden, genau wie von Alkohol, Drogen oder Glücksspiel! Und gerade dieses World of Warcraft, das du spielst, kann leicht süchtig machen.

Hier ist ein Test, mit dem du überprüfen kannst, ob du wirklich ein Game-Junkie bist.

1. Hast du ständig das Bedürfnis zu spielen?
2. Spielst du oft länger, als du vorhattest?
3. Wirst du wütend oder frustriert, wenn du nicht spielen kannst?
4. Beschweren sich andere Leute, dass du zu viel Zeit vor deinem Computer verbringst?
5. Ist der Höhepunkt des Tages das Computerspiel?
6. Denkst du oft an das letzte Mal, als du gespielt hast? (Oder an das nächste Mal?)
7. Sagst du manchmal Verabredungen ab, weil du spielen willst?
8. Belügst du andere und sagst, dass du weniger Zeit mit dem Computerspiel verbringst, als du tatsächlich tust?
9. Hast du durch das Computerspiel kaum noch Zeit für deine Freunde und deine Familie?
10. Bist du durch die viele Zeit, die du am Computer verbringst, schon mal in Schwierigkeiten geraten?
11. Schläfst du weniger, weil du stattdessen am Computer spielst?
12. Fühlst du dich unglücklicher, wenn du gerade nicht spielst, als wenn du vor dem Bildschirm sitzt?

Wenn du höchstens dreimal mit *Ja* geantwortet hast, bist du nicht süchtig.
Wenn du drei- bis sechsmal mit *Ja* geantwortet hast, kommst du in die Gefahrenzone.
Wenn du sechs- bis neunmal mit *Ja* geantwortet hast: Game-Junkie-Alarm!
Wenn du mehr als neunmal mit *Ja* geantwortet hast: Such dir so schnell wie möglich Hilfe!

Von: Rosa van Dijk <rosa_vandijk@hotmail.com>
Gesendet: Freitag, 18. September 16:20
An: Vincent van Gelderen <Nose@fastmail.com>
Betreff: What do you want?

Lieber Nose,
jetzt haben wir schon drei Tage nicht miteinander gesprochen. Wenn das ein Wettbewerb ist, wer es am längsten aushält, dann hast du gewonnen. Es tut mir leid, dass ich zu allem meinen Senf dazugeben muss und mich überall einmische. Ich verspreche dir, das nicht mehr zu tun.
Ich vermisse dich ganz schrecklich und ich liebe dich.
Ich will keinen Streit.

Küsse von deiner mittelalterlichen Gouvernantentante

PS: Hast du Lust, am Wochenende herzukommen? (Ich muss am Samstag arbeiten.)

PPS: Dann können wir zusammen am Logo für den Laden arbeiten. Er hat jetzt auch einen Namen! Er wird *Rosetti Bianco* heißen.
PPPS: XXXXXXXXXXXXXXXXXXXXXXXXXXXXXXXXX
PPPPS: Hältst du mich für ein Baby?

„So, jetzt ist aber Schluss mit diesen PS“, murmelt Rosa und drückt auf *Senden*. Sie stellt sich ans offene Fenster. Die Sonne scheint durch die Blätter im Baum hindurch. Ihr direkt gegenüber sitzt eine Taube.

„Was denkst du darüber, Dicki?“

Die Taube hebt den Kopf und gurrt.

Rosa lacht. „Ja, du hast Recht. Friede auf Erden! Und ich bin mittlerweile so irre, dass ich mit einer Taube rede.“

Sie sieht auf die Uhr. Halb fünf. Noch mindestens drei Stunden bis zum Essen. Eigentlich würde sie gerne mit jemandem quatschen, aber es ist niemand da. Noa arbeitet, Joya ist mit Dwight unterwegs und Carmen hat sich seit dem Zwischenfall in der Mediathek nicht mehr gemeldet. Rosa streicht mit dem Finger über die Farbe an der Wand. *What do you want?*, steht dort in bunten, großen Buchstaben. Daneben hat sie ein Foto gehängt, das sie vor ein paar Wochen in einem Passfotoautomaten gemacht haben. Joya und Carmen lachen in die Kamera, sie selbst schielt und zieht eine Grimasse. Nur Noa sieht ein bisschen traurig aus. Rosas Gesicht hellt sich auf. Sie hat eine Idee!

Rosa lehnt ihr Fahrrad an einen Baum und schließt es ab. Die Adresse hat sie in Noas Notizbuch gefunden. Das war einfach. Sie klingelt. Vor Nervosität spürt sie ein Kribbeln im Bauch und ihre Hände sind feucht. Jetzt bleibt nur zu hoffen, dass Noas Vater nicht zu Hause ist.

Die Tür öffnet sich und Rosa macht einen Schritt ins Haus. Sie schaut die steile Treppe hinauf, aber oben ist es zu dunkel, um etwas zu sehen.

„Hallo!“, ruft sie.

„Wer ist da?“, antwortet eine Männerstimme.

Rosa weicht einen Schritt zurück. Mist! Was soll sie jetzt machen? Weglaufen?

„Hallo! Wer ist da?“

Rosa holt tief Luft. „Ich bin es, Rosa. Noas Freundin.“

Eine Tür wird zugeschlagen. Ein etwa fünfzehnjähriger Junge erscheint am Geländer. Rosa atmet erleichtert auf. Es ist Noas jüngerer Bruder.

„Was willst du?“

„Äh … ich möchte reden.“

„Reden? Worüber?“ Der Junge sieht sie mit gerunzelter Stirn an.

„Du bist bestimmt Mahmed, oder?“

„Ja, wieso?“ Misstrauisch begutachtet er Rosa.

Rosa setzt ihr süßestes Lächeln auf. „Noa hat mir viel von dir erzählt … Dass du so gut in der Schule bist und … im Fußball und dass du immer so nett zu ihr bist … äh … warst.“

„Mahmed! Wer ist denn da?“, erklingt eine dunkle Männerstimme von oben.

Mahmed sieht hoch. „Ein Freund, Papa. Ich bin kurz weg.“

Er läuft die Treppe herunter an Rosa vorbei und packt sie am Arm.

„Komm mit“, sagt er kurz. Rosa folgt ihm. Als sie um die Ecke sind, dreht Mahmed sich um, lehnt sich lässig an ein Auto und steckt sich eine Zigarette an.

„So“, sagt er und legt den Kopf schief. „Was willst du?“

Saskia

„Ich will ein rotes Sportauto, einen rosa Roller, ein komplett neues Outfit und Massen von Schmuck. Und ich möchte sehr gerne mal mit dir ausgehen."

„Rosa! Hast du das wirklich gesagt?"

Rosa prustet los. „Nein, natürlich nicht."

„Was hast du dann gesagt, du Eierkopf?", fragt Esther lachend.

„Warte, ich fahre gerade durch den Stadtpark", sagt Rosa. „Ich setze mich schnell hin. Oh, Esther, ich bin so froh, dass du anrufst."

„Das musste ich nach deiner Mail ja wohl", sagt Esther. „Mein Gott, da haben wir uns mal eine Woche nicht gesprochen und in der kurzen Zeit passiert gleich sonst was! Du führst nicht gerade ein langweiliges Leben, oder?"

„Nein, nicht wirklich." Grinsend lehnt Rosa ihr Fahrrad an einen Baum und setzt sich auf eine Bank. „Hey, noch mal Entschuldigung für meine Bemerkung über Willem."

„Schon verziehen! Ich kann ja verstehen, dass das ein Schock war. Alle reagieren gleich. Aber los, jetzt erzähl weiter, was hast du wirklich zu diesem Mahmed gesagt?"

„Ich habe ihm erzählt, dass Noa sehr traurig ist und dass sie ihre Familie so sehr vermisst, und ich habe gefragt, ob man nicht versuchen könnte, sich zu versöhnen."

„Wie mutig von dir! Rosa, die Friedenstaube."

„Gut, oder? Ich hatte allerdings ziemliche Panik. Ich habe mir fast in die Hose gemacht vor Angst."

„Und was hat er geantwortet?"

Rosa streckt ihre Beine aus und dreht ihr Gesicht zur Sonne.

„Er hat gesagt, dass Noas Mutter nichts lieber möchte, aber dass ihr Vater total stur ist. Vorbei ist vorbei, so denkt er darüber. Aber Mahmed wird versuchen, ihn umzustimmen."

„Dann muss sie sich eben heimlich mit ihrer Mutter treffen. Mache ich auch."

„Was? Du triffst dich heimlich mit deiner Mutter?"

„Nein, sehr witzig, mit Willem! Du weißt doch, dass mein Vater verboten hat, dass wir uns sehen."

„Ja …"

„Ich tue jetzt so, als wäre ich brav und gehorsam, aber ich treffe mich trotzdem mit ihm."

„Hast du keine Angst, dass sie dich erwischen?"

„Nee, das ist gar kein Problem. Ich sage einfach …"

Auf einmal springt Rosa auf. „Esther, warte kurz!"

„Was ist denn?"

„Ich sehe Saskia! Ich rufe dich gleich zurück!"

Rosa macht den Mund auf, um Saskia zu rufen, aber dann überlegt sie es sich anders. Sie tritt einen Schritt zur Seite, sodass sie hinter einem Busch versteckt ist.

Saskia setzt sich auf eine Bank. Sie sieht schlecht aus. Sie hat dunkle Ringe unter den Augen und ihre Haare sind zu einem unordentlichen Zopf gebunden.

Zwei Jungen, die ein paar Meter hinter ihr hergelaufen sind, setzen sich neben sie. Sie reden kurz miteinander. Dann zieht einer der Jungen etwas aus der Tasche und reicht es Saskia. Saskia gibt ihm etwas zurück, aber Rosa kann nicht erkennen, was es ist. Dann steht Saskia auf und geht zum Parkausgang. Rosa kommt hinter dem Busch zum Vorschein.

„Saskia", ruft sie. „Saskia, warte doch!"

Saskia dreht sich um. Als sie Rosa sieht, weiten sich ihre Augen vor Schreck.

Rosa läuft auf sie zu. „Saskia! Endlich! Wo warst du denn bloß? Wir haben uns solche Sorgen gemacht. Warum kommst du nicht mehr nach Hause?"

Saskias Gesicht wird finster. „Nach Hause?"

„Ja … ich meine … du wohnst doch bei uns. Jade fragt ständig nach dir."

Saskias Augen füllen sich mit Tränen. „Jade … Geht es ihr gut?"

„Ja, davon abgesehen, dass sie dich vermisst. Sie versteht das alles nicht. Was ist los mit dir? Du siehst total schlecht aus! Warum hast du dich nicht gemeldet? Meine Mutter hat bei sämtlichen Krankenhäusern angerufen. Und sie war bei der Polizei."

„Bei der Polizei?“, fragt Saskia entsetzt.

„Ja, was hast du denn gedacht?“

„Sucht die Polizei mich etwa?“

„Sie haben jedenfalls dein Foto. Saskia, was hast du denn in den letzten Tagen gemacht?“

Saskia wischt sich mit dem Ärmel eine Träne weg. „Ich … ich musste ein paar Dinge erledigen.“

„Was denn für Dinge?“

Saskia schüttelt den Kopf. „Ach, nichts. Du solltest dich da lieber raushalten.“

„Aber Saskia! Woraus denn? So wie ich das sehe, geht es dir überhaupt nicht gut. Wir möchten dir gerne helfen.“

Saskia sieht Rosa ungläubig an. „Wollt ihr das wirklich? Nach allem, was ich getan habe? Ich kann mir gut vorstellen, dass deine Mutter und Rosetti nichts lieber wollen, als mich loswerden.“

„Das stimmt doch gar nicht, Saskia! Sie wollen, dass du nach Hause kommst. Mach keinen Unsinn! Du musst an Jade denken.“

„Ich denke an Jade. Ich denke den ganzen Tag an sie. Das ist sogar einer der Gründe, warum ich wegbleibe. Ich bin nicht gut für Jade, Rosa.“

„Bitte, jetzt sei nicht dumm! Wirklich, Saskia. Du bist ihre Mutter. Sie braucht dich.“

„Ihr kümmert euch viel besser um sie.“

Rosa legt ihre Hand auf Saskias Schulter. „Hör auf mit dem Unsinn. Komm mit nach Hause. Jade würde sich so freuen. Und Noa, meine Mutter und der Nudeltopf auch. Sie machen sich alle solche Sorgen.“

Saskia reibt sich die Augen und holt tief Luft. „Gut. Ich komme zurück. Heute Abend."

„Aber warum kommst du nicht gleich mit?"

„Das geht nicht. Ich muss noch was erledigen."

„Aber was denn, was ist denn bloß so wichtig? Jade ist doch das Wichtigste! Komm mit, Saskia, bitte, du kannst auf meinen Gepäckträger, mein Fahrrad steht da drüben." Rosa dreht sich um und will auf ihr Fahrrad zeigen, doch es ist weg.

Die Entdeckung

„Ich habe sie wegfahren sehen, zwei Typen, und sie haben mich auch noch ausgelacht. Ich bin ihnen hinterhergelaufen, aber ich konnte sie nicht mehr einholen!“ Rosa beginnt wieder zu weinen.

Rosas Mutter klopft ihr tröstend auf den Rücken. „Und als du zurückkamst, war Saskia weg?“

„Ja. Ich habe noch nach ihr gesucht, aber sie war spurlos verschwunden.“

„Dann hoffen wir mal, dass sie heute Abend nach Hause kommt, wie sie gesagt hat.“

„Oh, ich habe alles falsch gemacht! Ich bin so blöd! Und jetzt wurde auch noch mein Fahrrad geklaut! Diese bescheuerten Typen!“, schluchzt Rosa.

Herr Rosetti zieht ein ordentlich gebügeltes Taschentuch aus der Tasche und gibt es ihr.

Ihre Mutter schließt Rosa in die Arme und drückt sie fest an sich. „Rosa, jetzt mach dir keine Gedanken. Wir kaufen dir ein neues Rad. Was hast du eigentlich in der Gegend gemacht?"

„Ich war bei Noa zu Hause."

„Oh, warum das?"

„Ich wollte versuchen, die Sache mit ihrer Familie wieder geradezubiegen."

Rosas Mutter hält sie ein Stück von sich weg. „Aber Rosa, das sollte ich doch machen!"

„Ja, aber du hast keine Zeit und … und ich wollte Noa helfen. Sie ist immer so traurig."

„Das ist schrecklich lieb von dir. Und mutig. Und? Hast du mit jemandem gesprochen?"

„Mit ihrem Bruder. Er war ganz nett, und er hat erzählt, dass Noas Mutter sie sehr gerne wiedersehen würde, aber dass ihr Vater es nicht erlaubt."

Rosa schnäuzt sich die Nase. Herr Rosetti reicht ihr ein Glas Wasser. Mit verweinten Augen sieht Rosa ihre Mutter an. „Mama, was ist bloß mit Saskia los?"

Das Gesicht von Rosas Mutter wird ernst. Sie seufzt tief und zieht einen verknitterten weißen Briefumschlag aus der Tasche. Rosa sieht sie verständnislos an.

„Ich habe heute Morgen Saskias Zimmer aufgeräumt. Das habe ich in einer ihrer Hosentaschen gefunden."

„Was ist das?"

„In dem Umschlag sind Reste eines weißen Pulvers."

„Weißes Pulver?"

Rosa greift nach dem Umschlag und öffnet ihn.

„Drogen", sagt Herr Rosetti. „Wir glauben, dass Saskia Drogen nimmt, Rosa."

„Drogen! Saskia? Aber ... was denn für welche? Was war denn da drin?“

Rosas Mutter zuckt mit den Schultern. „Ich verstehe auch nicht viel davon, Rosa. Es könnte Speed sein oder Kokain oder Heroin.“

„Aber das sind harte Drogen!“, ruft Rosa erschrocken. „Das ist doch furchtbar gefährlich!“

„Ja, allerdings. Und es würde ihr seltsames Verhalten in der letzten Zeit erklären.“

„Und die Tatsache, dass Geld in der Kasse gefehlt hat“, sagt Herr Rosetti. „Süchtige brauchen Geld. Obwohl ich immer noch nicht verstehe, dass ich ein paarmal mehr Geld im Portmonee hatte, als ich dachte.“

Rosa setzt sich wieder und starrt vor sich hin. „Meine Güte, harte Drogen ... Das hätte ich nie gedacht.“

„Hast du denn nichts gemerkt?“, fragt Rosas Mutter.

„Nein. Ich wusste bloß, dass sie raucht und Alkohol trinkt.“

Rosa sieht ihre Mutter an. „Was machen wir denn jetzt?“

„Ich denke, ich werde damit zur Polizei gehen.“ Rosas Mutter nimmt Rosa den Umschlag aus der Hand. „Vielleicht können die uns sagen, was wir tun sollen.“

Als Rosa nach dem Essen in ihr Zimmer geht, hat sie zwei Mails.

Von: Vincent van Gelderen <Nose@fastmail.com>
Gesendet: Freitag, 18. September 18:42
An: Rosa van Dijk <rosa_vandijk@hotmail.com>
Betreff: Wochenende

Liebe Rosie,
ich hatte einfach nur viel zu tun, es sollte wirklich kein Wettbewerb werden, wer es länger aushält, sich nicht zu melden. Ich liebe dich auch sehr, das weißt du doch, aber ich glaube, es wäre gut, wenn du mir ein bisschen mehr vertrauen würdest. Denn so macht es mir echt keinen Spaß.
Ich fände es schöner, wenn du morgen zu mir kämest. Ich muss ein bisschen was für die Akademie tun und sonst muss ich das ganze Zeug hin- und herschleppen. Vielleicht können wir am Sonntag in die Kunsthalle gehen, da ist gerade eine tolle Ausstellung. Und dann können wir auch Skizzen für das Logo machen. Vielleicht kannst du wieder über Nacht bleiben. Das wäre schön. ☺☺☺
Ich bin heute Abend nicht in MSN, ich gehe zu einem Freund.
Ich rufe dich morgen an!

Viele Küsse von deinem Nosie

PS: Warum fragst du, ob ich dich für ein Baby halte?
PPS: Nein, tue ich nicht. Ich halte dich für mittelalterlichen Milchreis.
PPPS: WITZ!!!!

Von: Jonas de Leeuw <jdl@xs22.nl>
Gesendet: Freitag, 18. September 19:14
An: Rosa van Dijk <rosa_vandijk@hotmail.com>
Betreff: Sauer

Hi, Rosa,
ich bin unglaublich wütend auf meine Mutter, weil sie dich angerufen hat. Wie lächerlich! Ich bin kein bisschen süchtig. Ich weiß auch genau, was gut für mich ist und was nicht. Ich entscheide selber, was ich mit meinem Leben mache. Das geht sonst niemanden etwas an. Also misch dich bitte einfach nicht mehr ein.

Jonas

Von: Rosa van Dijk <rosa_vandijk@hotmail.com
Gesendet: Freitag, 18. September 22:41
An: Jonas de Leeuw <jdl@xs22.nl>
Betreff: Süppchen

Lieber Jonas,
hey, wir sind doch beste Freunde! Du brauchst also nicht so eingeschnappt zu tun! Ich meine es doch gut. Ich bin auf deiner Seite. Ich habe deiner Mutter gesagt, dass alles in Ordnung ist und dass du auch so viel am Computer hockst, weil du Gedichte schreibst.
Natürlich kannst du selbst entscheiden, wie du lebst. Ich weiß nur nicht, ob ich mit dem zweiten Teil des Satzes so

einverstanden bin: „Das geht sonst niemanden etwas an." Du wohnst doch nicht auf einer einsamen Insel oder so. Und wenn dir jemand wichtig ist und du siehst, dass derjenige etwas macht, was nicht gut für ihn ist, oder dass derjenige unglücklich ist, dann versuchst du doch ihm zu helfen, oder?
Oder soll man jeden sein eigenes Süppchen kochen lassen und sich nur um sich selbst kümmern?

Küsse von Aprikosa

PS: Wir glauben, dass Saskia drogenabhängig ist. ☹

Von: Rosa van Dijk <rosa_vandijk@hotmail.com>
Gesendet: Freitag, 18. September 22:58
An: Vincent van Gelderen <Nose@fastmail.com>
Betreff: Morgen

Lieber Nose,
gut, ich komme morgen zu dir nach der Arbeit im Blumenladen. Bin gegen acht Uhr da. Ich darf über Nacht bleiben! Habe jede Menge zu erzählen. Falle gleich um vor Müdigkeit, war ein heftiger Tag. Fahrrad gestohlen, Saskia gesehen. Bei Noa zu Hause gewesen. Ich erzähle alles am Samstag.

Liebe, Küsse, Umarmungen, Rosa

Und noch eine Entdeckung

Nose öffnet die Tür und gibt Rosa einen Kuss. „Schön, dass du da bist, Mausekatze. Wie hübsch du aussiehst!“

Rosa lacht verlegen und hält ihm einen Strauß rote Rosen hin.

„Hier, für dich. Als Wiedergutmachung.“

„Wie lieb! Vielen Dank.“

Rosa geht in die Wohnung und stellt ihren Rucksack neben den Tisch, der für zwei gedeckt ist. Darauf stehen eine Flasche Wein und zwei Kerzen. „Wow, das sieht ja richtig romantisch aus. Und du hast aufgeräumt! Wie ordentlich es hier ist!“

„Gut, oder?“ Nose zieht sie mit ins Schlafzimmer. „Schau mal, eine saubere Bettdecke. Und ich habe extra für dich gründlich gesaugt, damit deine Stauballergie dir keine Probleme macht.“

Das Bett ist von Teelichtern eingerahmt. Rosa kriegt einen roten Kopf, sie spürt, wie ihre Nerven verrücktspielen.

Nose zieht sie an sich und gibt ihr einen Kuss in den Nacken. „Wir haben doch was gutzumachen, oder?“ Seine Hände gleiten über ihren Rücken zu ihrem Po.

Rosa holt tief Luft. In ihrem Kopf hört sie Jonas’ Stimme.

Jetzt ist der Moment gekommen! Du musst mit dem Krokodil sprechen!

Du wirst heute doch nicht nörgeln?, sagt eine andere Stimme in ihrem Kopf. *Wenn du weiterhin die eiserne Jungfrau spielst, verlierst du ihn.*

Du liebst ihn doch?, sagt die erste Stimme. *Wenn man sich liebt, muss man sich alles sagen können.*

Nose wedelt mit seiner Hand vor ihrem Gesicht herum. „Hey, hallo! Bist du noch da?“

Rosa lacht und legt die Arme um Nose. „Klar, und wie! Ich liebe dich, Nosie. Wie verrückt.“

„Ich dich auch, Mausi.“ Nose zieht sie mit in die Küche. „Aber komm, jetzt essen wir erst mal, du hast bestimmt Hunger. Und ich verspreche dir, dieses Mal brauchst du keine Angst um deine Zähne zu haben. Und es besteht keine Gefahr, eine Lebensmittelvergiftung zu bekommen.“

Als Rosa aus der Dusche tritt, merkt sie, dass sie zu viel getrunken hat. Schon wieder. Vor Aufregung. Oh, wie bescheuert. Obwohl sie sich geschworen hatte, das nie wieder zu tun. Das Badezimmer dreht sich und sie muss sich am Waschbecken festhalten. Wie viel hat sie intus? Die Weinflasche war leer, aber Nose hat schneller getrunken als sie. Ein oder zwei Gläser. Und dann noch diesen Likör, den er ihr zum Probieren gegeben hat. Der war lecker, hat nach Banane geschmeckt.

Sie wirft sich kaltes Wasser ins Gesicht, nimmt ein Handtuch und schnuppert misstrauisch daran. Hm … nicht wirklich frisch.

Während Rosa sich abtrocknet, sieht sie sich in dem kleinen Badezimmer um. Immerhin hat Nose versucht sauber zu machen. Lieb von ihm. Rosa kichert und zeichnet ein Herz auf den beschlagenen Spiegel. Ups, ihre Wimperntusche ist verlaufen. Gut, dass sie es bemerkt hat und sie nicht in ihrer ersten richtigen Nacht mit Nose wie Frankensteins Monster aus dem Bad kommt. Ihre erste Nacht …

Ihr Magen schlägt einen Salto und ihr wird ganz übel. Die Nerven. Und der blöde Wein. Rosa klappt die WC-Brille nach unten und setzt sich drauf. Mist, sie hat vergessen, ihren Schlafanzug aus dem Rucksack zu nehmen. Was soll sie jetzt bloß machen? Nackt ins Zimmer gehen? Oder sich ein Handtuch umbinden? Sie hält es vor sich. Viel zu klein, es reicht nicht um sie herum. Oh, wie blöd, wie megablöd! Und Nose liegt im Bett und wartet auf sie. Und alle Kerzen sind an, es ist also nicht dunkel. Ob er wohl etwas anhat? Rosa presst die Hände gegen ihren Bauch. Ihr ist wirklich schlecht. Hoffentlich muss sie sich nicht wieder übergeben. Sie hat sich nicht getraut zu sagen, dass sie nicht gerne Chinesisch isst. Und was waren das für kleine Dinger in dem Nasi? Nose hat gesagt, dass es kein Fleisch ist, aber es hat komisch geschmeckt.

Das Krokodil, sprich mit dem Krokodil. Was bist du doch für ein Angsthase!, sagt die Stimme in ihrem Kopf.

Rosa steht auf und klatscht sich noch mehr kaltes Wasser ins Gesicht. Sie sieht in den Spiegel. Sie ist ganz bleich. Wie machen andere Leute das? Zum ersten Mal miteinander schlafen? Zum ersten Mal Sex haben?

Am Ende wirst du noch schwanger, sagt eine Stimme in ihrem Kopf. *Du hast keine Kondome dabei. Oder du bekommst irgendeine fiese Krankheit. Oder es tut weh.*

Er findet dich garantiert hässlich, sagt eine andere Stimme. *Dein Bauch ist zu dick, dein Busen dagegen viel zu klein …*

Tränen kullern über Rosas Wangen. Oh, sie hätte dieses Bananenzeug nicht trinken sollen, davon ist ihr so schlecht und komisch.

„Rosa!“, erklingt Nose’ Stimme aus dem Schlafzimmer.

„Ja?“

„Kommst du auch wieder?“

„Ja, ich bin gleich fertig!“, ruft Rosa. „Ich muss etwas anziehen, ich gehe nicht nackt“, flüstert sie leise. Dann fällt ihr Blick auf den Wäschekorb. Ein Hemd! Das haben die Frauen im Film in solchen Situationen oft an. Das Oberhemd ihres Geliebten, und das bedeckt dann gerade so ihren Hintern. Sehr sexy. Das ist dann zwar immer ganz sauber und ordentlich gebügelt, aber besser ein getragenes Hemd als gar nichts. Rosa zieht den Deckel vom Wäschekorb und greift mit angewidertem Gesicht hinein. Stinkesocken, Unterhosen. Sie entdeckt ein blaues Hemd, das Nose oft anhat, und fischt es heraus. Juchu! Rosa zieht es an und knöpft es hastig zu. Sie bückt sich, um ein T-Shirt aufzuheben, das hinter dem Wäschekorb liegt. Wie seltsam, das ist doch eindeutig kein T-Shirt von einem Jungen. Rosa stockt der Atem. Das Shirt kennt sie. Es gehört Julia.

Rosa dreht ihr Gesicht zum Fenster, damit die anderen Fahrgäste nicht sehen, dass sie weint.

Mit zitternden Fingern sucht sie Esthers Nummer heraus. Jonas war nicht zu erreichen. Oh, bitte geh dran, sie muss mit jemandem reden. Rosa sieht auf die Uhr. Es ist Viertel nach zwölf. Es klingelt, dann springt die Mailbox an. Rosa zählt bis zehn, dann drückt sie die Wiederwahltaste. „Hilfe, Rosa? Warum rufst du so spät noch an? Ich habe schon geschlafen!“, meldet sich Esther mit schläfriger Stimme.

„Tut mir leid, Esther. Tausendmal sorry, aber ich muss dich sprechen.“

„Was ist denn? Weinst du? Wo bist du?“

„Ich bin im Zug ... Auf dem Weg nach Hause.“

„Warst du bei Nose?“

„Ja.“ Rosa bemerkt einen älteren Mann, der ihr gegenübersitzt und neugierig herüberstarrt. Sie nimmt ihren Rucksack und geht in den Vorraum des Abteils. Hier ist sie ungestört. Sie klappt einen Sitz nach unten und setzt sich.

„Rosa, bist du noch da?“

„Ja ...“ Tränen strömen über Rosas Wangen.

„Was ist denn? Was ist passiert?“

„Ich wollte bei Nose ... bei Nose übernachten ... und ... er hatte alles so schön vorbereitet und aufgeräumt und Kerzen neben das Bett gestellt und ... und dann bin ich duschen gegangen ... und dann fand ich ein T... ein T...“

„Was? Was hast du gefunden? Ein Ti? Ich kann dich nicht verstehen, Rosa. Atme mal durch.“

Rosa holt tief Luft und putzt sich die Nase. „Da lag ... da lag ein T-Shirt von ... von Julia in seinem Bad.“

„Von Julia?“

„Ja, das ist das Mädchen aus Groningen, das mit ihm zur Schule gegangen ist und jetzt mit ihm zusammen studiert. Sie wohnt auch in einem der Container.“

„Und wie ist das T-Shirt dahin gekommen? Hast du ihn gefragt?“

„Ja, natürlich habe ich ihn gefragt! Wir haben uns deswegen schrecklich gestritten! Stell dir vor, sie hat bei ihm übernachtet!“

„Was? Das ist nicht dein Ernst, Rosa!“

Rosa beginnt wieder zu schluchzen. „Doch … echt … Nose sagt, dass da nichts gelaufen wäre. Dass sie nur Freunde seien, aber dass es spät geworden war … und …“

„Und das glaubst du ihm?“

„Ich weiß nicht. Ach Esther, ich habe dieser Julia nie getraut … genau hiervor hatte ich Angst, und jetzt ist es wirklich passiert.“

„Ja, aber Nose hat doch gesagt, dass da nichts war. Wenn zwischen den beiden was gelaufen wäre, hätte er doch heute nicht lauter Kerzen um das Bett aufgestellt. So was macht man doch nicht!“

Rosa wischt sich mit dem Jackenärmel die Nase ab. „Ja … so habe ich das noch gar nicht gesehen.“

„Und dann bist du abgehauen?“

„Ja … oh, verdammt!“ Rosa springt auf.

„Was ist?“

„Mist! Ich sitze im falschen Zug! Das hier ist der Bahnhof von Breda! Oh nein!“

Rosa bricht wieder in Tränen aus.

„Ganz ruhig, Rosa. Welche Haltestelle kommt denn nach Breda?“

„Das weiß ich nicht. Oh, Esther, was soll ich bloß tun? Es fährt kein Zug mehr und ich habe auch kein Geld. Nur noch zwei Euro oder so. Wenn der Schaffner kommt, bin ich geliefert.“

„Jetzt denk mal ganz ruhig nach. Wohin fährt denn der Zug?“

„Ich weiß nicht, ich kann nicht mehr klar denken!“, ruft Rosa verzweifelt.

„Du kannst doch deine Mutter anrufen.“

„Aber die kann mich doch nicht mitten in der Nacht abholen kommen in ... was weiß ich, wie der nächste Bahnhof heißt. Brüssel oder vielleicht sogar Paris.“

„Ja, oder Tokio, jetzt dreh mal nicht durch. Ich bin schon am Computer. Du sitzt in dem Zug nach Venlo. Und der hält auch in Eindhoven.“

In Eindhoven

Rosas Vater öffnet die Haustür. Er hat einen Bademantel an und sieht verschlafen aus.

„Rosa! Was machst du denn hier? Komm rein."

„Entschuldige, Papa. Es tut mir furchtbar leid, dass ich dich geweckt habe."

„Das macht doch nichts. Wie kommst du denn bloß mitten in der Nacht hierher?"

Er nimmt Rosa die Jacke und den Rucksack ab und geht mit ihr zusammen in die Küche. „Soll ich dir eine Tasse Tee machen?"

Rosa setzt sich an den Küchentisch und beginnt wieder zu weinen.

Ihr Vater zieht sich hastig einen Stuhl heran und legt einen Arm um sie. „Röschen, was ist denn? Du bist doch nicht weggelaufen, oder?"

„Nein ... ja, eigentlich schon."

„Aber warum? Hattest du Streit mit deiner Mutter?"

„Nein … ich habe mich mit Nose gestritten und …“

„Warst du in Rotterdam?“

Rosa nickt.

„Schön, dass du zu mir gekommen bist! Möchtest du erzählen, was passiert ist?“

„Es … es ist aus. Diesmal ist es wirklich aus“, schluchzt Rosa.

„Oh Gott. Schon wieder. Ach meine Süße. Wie schrecklich für dich. Wer hat Schluss gemacht?“

„Ich … oder nein, vielleicht wir beide. Ich weiß gar nicht genau. Zuerst … Ein Mädchen hat bei Nose geschlafen … Julia … Nose hat gesagt … hat gesagt ….“

„Süße, beruhige dich.“ Rosas Vater steht auf und nimmt eine Rolle Küchenpapier von der Ablage. Er reißt ein Blatt ab und gibt es Rosa.

„Nose ... Nose hat gesagt, dass nichts passiert wäre, dass sie einfach nur Freun… Freunde wären und dass ich … immer so misstrauisch sei … aber das ist … stimmt gar nicht, ich versuche … ich gebe mir doch solche Mühe, alles richtig zu machen …“

Rosas Vater streicht ihr über den Rücken. „Und was ist dann geschehen?“

„Dann … dann haben wir uns gestritten und ich bin weggelaufen. Und … und … ich bin in den falschen Zug gestiegen.“

Rosas Vater fängt an zu lachen. „Oh, du bist also nur aus Versehen hier!“

„Nein, ja … ich bin so froh, dich zu sehen, Papa. Sehr froh.“

Rosa greift nach den Händen ihres Vaters und sieht ihn mit rot verweinten Augen an.

„Warum ist denn bloß alles so schwierig, Papa? Liebe sollte doch schön sein? Sie sollte einen doch glücklich machen?“

„Das stimmt. Aber die Liebe ist auch zum Lernen da, Rosa. Du lernst von niemandem so viel wie von dem, den du liebst. Und man geht zusammen durch Höhen und Tiefen. Aber wenn dich ein Freund so unglücklich macht, und das immer wieder, ist er vielleicht nicht der Richtige.“

Rosa beginnt noch heftiger zu weinen.

„Ach, meine Kleine. Es ist nicht leicht, jung zu sein.“ Rosas Vater legt wieder den Arm um sie und streicht Rosa übers Haar.

„Nein, aber alt sein auch nicht, oder? Wenn man alt ist, dann ... dann kommt man in die ... Midlife-Crisis.“

„Midlife-Crisis? Wer hat eine Midlife-Crisis? Deine Mutter?“

Rosa hebt den Kopf. „Nein, du.“

„Absolut nicht, ich ...“

„Es ist *nie* einfach. Ich will das nicht mehr!“

„Was denn?“

„Das Leben! Alles! Die ganze Welt. Saskia nimmt Drogen und ... und schwanger ist sie auch und weggelaufen und Jonas wird in der Schule gemobbt und Noa wird von ihrer Familie ausgeschlossen ... Und jetzt ist auch noch mit Nose Schluss ...“

„Und was noch?“

„Und ich kriege wieder einen Stiefvater und will das gar nicht und du ... und du ... gehst nach Suriname und ich sehe dich nie wieder! Du lässt mich schon wieder im Stich!“ Rosa kann kaum noch sprechen, so sehr muss sie weinen.

Marieke erscheint in der Tür, in einem Schlafanzug, der straff über ihrem runden Bauch spannt. Fragend sieht sie Rosas Vater an. Er schüttelt den Kopf und macht eine abwehrende Handbewegung. Daraufhin dreht sich Marieke um und geht zurück nach oben.

„Ach, Rosa, da ist ja ganz schön was los in deinem Leben. Jetzt beruhige dich mal, Kind.“

Rosa schlingt die Arme um ihren Vater. „Papa, du darfst nicht weggehen, nicht noch einmal.“

Rosas Vater schießen Tränen in die Augen. „Psst, Mädchen, ganz ruhig. Beruhige dich. Alles wird gut, das verspreche ich dir.“

Jonas und Rosa

Rosa: Jonas, du bist wieder in MSN! Ich dachte schon, du wärst vom Erdboden verschluckt!
Jonas: Ich hatte viel zu tun.
Rosa: Mit deinem Computerspiel?
Jonas: Auch. Und mit mir selbst.
Rosa: ?
Jonas: Ich war vom Unterricht ausgeschlossen.
Rosa: Was? Ausgeschlossen? Was hast du angestellt?
Jonas: Mich geprügelt.
Rosa: Echt? Joni! Du und prügeln? Das passt doch gar nicht zu dir!
Jonas: Ja. Stimmt. Ich bin selbst am meisten darüber erschrocken.
Rosa: Erzähl! Was ist passiert?
Jonas: Letzten Montag in der Pause haben diese blöden Typen wieder Sprüche geklopft und da bin ich so ausgeflippt, dass ich einem von ihnen meinen Rucksack ins

Gesicht gepfeffert habe. Dem Chef der Truppe, würde ich sagen. Wouter heißt er. Und in meinem Rucksack waren leider ziemlich viele Bücher.
Rosa: Oh Jonas! Und dann?
Jonas: Na ja, das Blut ist nur so gespritzt und alle haben rumgeschrien. Er wurde mit dem Krankenwagen in die Klinik gebracht. Da hat man festgestellt, dass seine Nase gebrochen ist.
Rosa: Wow! Jonas!
Jonas: Ich musste zum Schulleiter und bekam drei Tage Schulverbot. Morgen muss ich wieder hin, aber ich gehe nicht.
Rosa: Hast du dem Schulleiter gesagt, was los ist? Dass die dich mobben? Und aus welchem Grund?
Jonas: Nein.
Rosa: Hättest du aber tun sollen. Typischer Fall von Gespräch mit dem Krokodil, Jonas.
Jonas: Ich habe mich nicht getraut.
Rosa: Das kann ich gut verstehen. Und deine Eltern, wie haben die reagiert?
Jonas: Waren natürlich fürchterlich wütend.
Rosa: Hast du wenigstens ihnen erzählt, was Sache ist?
Jonas: Auch nicht.
Rosa: Du bist echt blöd.
Jonas: Meine Mutter und mein Vater wurden in die Schule zitiert und der Schulleiter hat ihnen gesagt, dass ich oft schwänze und ein Einzelgänger bin, und jetzt wollen sie mich zum Psychologen schicken. Vielen herzlichen Dank.

Rosa: Vielleicht ist es gar nicht schlecht, mal mit jemandem zu reden.
Jonas: Ich habe doch dich.
Rosa: Ja, aber ich weiß auch nicht alles. Du musst wirklich eine Lösung für all das finden, Jonas. Du kannst nicht vor deinen Problemen weglaufen, dann wird alles nur noch schlimmer.
Jonas: Weiß ich.
Rosa: Was hast du in den letzten Tagen gemacht?
Jonas: Was glaubst du denn?
Rosa: Computer gespielt?
Jonas: Ja, ich hatte nichts anderes zu tun. Meine Eltern sind tagsüber beschäftigt, da kann ich machen, was ich will.
Rosa: Oh Jonas, du musst damit wirklich aufhören, das ist nicht gut. Es ist gefährlich. Weißt du, dass ich in der Zeitung gelesen habe, dass es in Amsterdam sogar eine Entzugsklinik für Game-Junkies gibt?
Jonas: Ach, jetzt übertreib doch nicht so. Es ist doch besser, dass ich WoW spiele, als auf der Straße rumzuhängen oder Drogen zu nehmen, oder?
Rosa: Hast du mal diesen Test gemacht?
Jonas: Nein.
Rosa: Warum nicht?
Jonas: Weil das Unsinn ist. Punkt. Ist Saskia eigentlich schon wieder zurück?
Rosa: Nein, immer noch nicht.

Jonas: Unternimmt die Polizei etwas?
Rosa: Nein, Saskia ist seit Kurzem volljährig, da können

sie gar nicht mehr viel tun. Ihr Foto ist im Umlauf, das ist alles.

Jonas: Meine Güte. Hey, und hast du inzwischen mit dem Nose-Krokodil geredet?

Rosa: Es ist Schluss.

Jonas: Was??? Und das sagst du erst jetzt? Warum?

Rosa: Ich habe herausgefunden, dass diese Julia bei ihm übernachtet hat.

Jonas: Julia? Die aus Groningen?

Rosa: Ja, genau die.

Jonas: Hä? Jetzt versteh ich gar nichts mehr.

Rosa: Ich habe ihr T-Shirt in seinem Badezimmer gefunden. Er sagt, dass da nichts gelaufen sei, dass sie zu viel getrunken und gekifft hätten, und dass sie nicht mehr nach Hause konnte.

Jonas: Da scheint es ja ganz wild zuzugehen.

Rosa: Ja, allerdings.

Jonas: Und dann?

Rosa: Riesenkrach, ich wütend weg, mitten in der Nacht. Dann bin ich in den verkehrten Zug gestiegen und bin bei meinem Vater gelandet. Das war aber ganz schön. Wir haben uns richtig gut unterhalten.

Jonas: Und hast du danach noch was von Nose gehört?

Rosa: Ja. Gestern habe ich es nicht mehr ausgehalten und habe ihn angerufen. Er hat zugegeben, dass Julia in ihn verliebt ist und dass sie damals, in der einen Nacht, Annäherungsversuche gemacht hat.

Jonas: WAS?

Rosa: Sie hat versucht ihn zu küssen oder was weiß ich.

Jonas: Oh, was für eine miese Tussi. Sie weiß doch, dass er dein Freund ist!
Rosa: Ja, sicher.
Jonas: Und was ist dann passiert?
Rosa: Nose wollte nicht und dann ist sie doch noch nach Hause gegangen.
Jonas: Komisch, dass Nose dir das nicht gleich erzählt hat.
Rosa: Er hat sich nicht getraut, weil ich sowieso schon so misstrauisch war.
Jonas: Ja und? Ganz schön feige.
Rosa: Wir haben jetzt schon seit Jahren eine Blinklichtbeziehung. An, aus, an, aus. Und immer läuft es gleich ab.
Jonas: Wie denn?
Rosa: Es geschieht irgendetwas, was mich verunsichert, und dann bekomme ich Angst, dass Nose mich sitzen lässt. Ich zettele deshalb einen Streit an und nach einer Weile vertragen wir uns wieder. Aber schon bald danach geht alles wieder von vorne los.
Jonas: Als ob ihr schon fünfzig Jahre verheiratet wärt.
Rosa: Mein Vater sagt, dass man aus Beziehungen lernen soll.
Jonas: Aber doch nicht nur? Sie sollten dich vor allem glücklich machen, finde ich. Und was sollst du denn daraus lernen?
Rosa: Nicht so unsicher und ängstlich zu sein.
Jonas: Ja, leichter gesagt als getan.
Rosa: Ich bin immer noch total verrückt nach Nose, aber vielleicht passen wir einfach nicht so richtig zusammen.

Jonas: Zu dir passt halt keiner so gut wie ich.

Rosa: Sehr lustig!

Jonas: Bist du traurig?

Rosa: Ja, natürlich. Mein Leben ist jetzt leer und langweilig. Ich vermisse ihn unendlich. Aber so, wie es zwischen uns war, war es auch nicht gut. Mich hat es unglücklich gemacht – und Nose auch.

Jonas: Ich wünschte, ich könnte jetzt bei dir sein und dich trösten.

Rosa: Ja.

Jonas: Wie lange wart ihr zusammen?

Rosa: Über zwei Jahre.

Jonas: Das ist eine ganz schön lange Zeit, wenn man erst sechzehn ist.

Rosa: Ich habe gedacht, dass wir für immer zusammenbleiben.

Jonas: Wie oft klappt das schon, wenn man so jung ist?

Rosa: Das gibt es immer wieder. Und ich habe es mir so gewünscht. Ich habe noch nie jemanden getroffen, den ich lieber gewollt hätte als Nose.

Jonas: Ho, ho, ho! Was sagst du da?

Rosa: Sorry, du bist auch toll, aber das ist was anderes.

Jonas: Ja, da hast du Recht.

Rosa: Aber Nose hat plötzlich lauter Sachen gemacht, die mir gar nicht gefallen haben, trinken und kiffen …

Jonas: Tja …

Rosa: Und was wirst du jetzt tun, Jonas?

Jonas: Was meinst du?

Rosa: Na ja, mit deinem Leben.

Jonas: Ich weiß nicht. Ich versuche krampfhaft, mir Ausreden zu überlegen, um morgen nicht in die Schule zu müssen.
Rosa: Das Krokodil, Jonas.
Jonas: Ja, super, das beißt mich in den Hintern.
Rosa: Du kannst das. Soll ich kommen und dir helfen?
Jonas: Ich wüsste nicht wie. Ich muss das alleine hinkriegen.
Rosa: Gehst du noch ins Fitnessstudio? Sport ist gut gegen Depri-Tiefs.
Jonas: Nein, aber vielleicht sollte ich heute Abend tatsächlich mal wieder hingehen.
Rosa: Oh, Jonas, das hätte ich fast vergessen! Der Eröffnungstermin für den Laden steht fest und es gibt ein großes Fest. Kommst du auch?
Jonas: Klar, wann?
Rosa: Am 10. Oktober. Und deine Eltern sind auch eingeladen!
Jonas: Okay, ich werde da sein, aber ich weiß nicht, ob ich meine Eltern frage.
Rosa: Überleg es dir, es kommt noch eine offizielle Einladung.

Auf dem Wochenmarkt

Rosa hat den Kopf in die Hände gestützt und starrt aus dem Fenster, als ihr Handy in der Hosentasche vibriert. Sie kramt es heraus und sieht auf dem Display nach, wer sie anruft. Dann wirft sie einen Blick auf ihren Geschichtslehrer, der gerade etwas an die Tafel schreibt, und taucht unter den Tisch ab.

„Ich habe Unterricht! Was ist?"

„Meine Mutter geht in etwa einer Viertelstunde los."

„Okay, das passt gut! Wir haben in zehn Minuten Schluss und mit dem Fahrrad brauchen wir ungefähr zwanzig Minuten. Danke, Mahmed."

„Danke, dass du dich für meine Schwester so ins Zeug legst, Rosa. Viel Erfolg!"

„Dir auch!"

„Auf den Wochenmarkt? Jetzt? Warum?" Noa sieht Rosa erstaunt an.

„Einfach so, weil ich Lust habe. Meine Mutter war letztens dort und hat gesagt, dass ich unbedingt auch mal hingehen sollte. Ich bin da noch nie gewesen. Du?“

„Ja, schon oft.“

„Gibt es da auch Klamotten?“

„Ja.“

„Na dann los, komm mit!“, sagt Rosa in bittendem Ton. „Du brauchst doch heute Nachmittag nicht zu arbeiten?“

„Doch, um sechs.“

„Na, dann haben wir ja noch genug Zeit.“ Rosa schiebt Noa aus dem Klassenzimmer. „Es ist so schönes Wetter und außerdem habe ich eine Überraschung. Meine Mutter schenkt uns beiden einen schicken Rock für die Eröffnung. Darf aber nicht zu teuer sein, hat sie gesagt. Auf dem Markt finden wir bestimmt was Passendes.“

„Ich will keinen Rock von deiner Mutter! Wirklich nicht. Sie tut schon so viel für mich.“

„Tja, dann halt nicht. Aber ich will einen. Und auf solchen Märkten gibt es doch auch immer Stände mit Bändern und Spitze und Knöpfen. Vielleicht können wir ein altes Kleidungsstück aufpeppen. Das fände ich auch klasse!“

Rosa zieht Noa zu den Fahrradständern.

„Du hast es aber eilig!“

„Ja, wir müssen uns beeilen.“

„Warum?“

„Äh … sonst macht der Markt vielleicht zu. Oder … alle schönen Sachen sind weg.“

Noa prustet los. „Sag mal, Rosa, ist alles in Ordnung mit dir?“

„Ja klar! Ich habe einfach nur Lust, mir was Schönes zu kaufen. Und ich lade dich zum Eisessen ein, okay?“

Noa zögert noch, ihr Fahrrad aufzuschließen. „Ich weiß nicht, ob das so eine gute Idee ist. Meine Mutter kauft immer auf dem Markt ein …“

„Na, das wäre aber ein Riesenzufall, wenn wir sie da treffen würden“, sagt Rosa und steigt auf ihr Rad. „Komm, Noa. Los geht's.“

Arm in Arm laufen Rosa und Noa über den Markt und schlecken Eis. Rosa blickt sich unauffällig um. Hoffentlich erkennt sie Noas Mutter, sie hat sie nur ein paarmal gesehen.

„Ich fühle mich hier nicht richtig wohl“, sagt Noa.

„Ja, das merke ich, du zerquetschst mir gleich den Arm.“

„Entschuldige.“ Noa lockert ihren Griff etwas, aber hält Rosa weiterhin umklammert. „Mich macht das hier ganz traurig. Ich bin oft mit meiner Mutter hier gewesen. Ich kenne alle Stände … Oh, Rosa, sieh doch!“

Sie bleiben vor einem Stand mit türkischen Brautkleidern und allerlei exotisch aussehenden Tüchern und Gewändern stehen.

„Als ich elf war, habe ich angefangen ein Kopftuch zu tragen. Damals durfte ich mir hier ein besonders schönes aussuchen und … Oh, Rosa!“ Noas Augen weiten sich vor Schreck. Sie zieht Rosa mit nach unten und versucht sich unter dem Stand zu verstecken.

 „Was ist denn?“

„Meine Mutter! Da läuft meine Mutter! Hab ich's doch gewusst! Ich hatte schon so eine Vorahnung!“ Noa fasst sich an den Kopf. „Oh, hoffentlich sieht sie mich nicht. Und ein Kopftuch habe ich auch nicht auf."

„Ups", sagt Rosa. „Daran habe ich nicht gedacht."

„Was meinst du?" Noa sieht sie mit großen, erschrockenen Augen an.

„Warte." Rosa befreit sich aus Noas Griff und steht auf.

„Könnte ich bitte ein Kopftuch von Ihnen kaufen?", fragt sie den Mann hinter dem Stand.

Noa zieht an Rosas Hose. „Rosa! Was tust du denn da!", zischt sie.

„Welches möchtest du?", fragt der Verkäufer.

„Ach, egal, ich nehme das da." Rosa zeigt auf einen rosa Stoff.

Noa zieht Rosa noch heftiger an den Kleidern.

„Rosa, spinnst du? Was hast du vor?"

Rosa bezahlt und kniet sich neben sie. „Hier, zieh das an und lauf deiner Mutter hinterher."

„Bist du verrückt geworden? Warum?"

„Weil du mit ihr sprechen wirst."

„Nein, das will sie nicht. Das weißt du doch."

„Doch, das will sie. Glaub mir!"

Rosa steht auf und versucht Noa hochzuziehen. Noa sitzt zusammengekauert da, das Kopftuch fest umklammert. Sie hat Tränen in den Augen.

„Nein, Rosa, das traue ich mich nicht. Hast du das etwa eingefädelt?"

Rosa nickt triumphierend. „Ja, zusammen mit deinem Bruder. Er hat sich für dich eingesetzt und mit deiner Mutter geredet. Sie vermisst dich und möchte dich gerne sehen."

Noa steht auf und wischt sich die Wangen trocken. „Ehrlich, ist das dein Ernst? Meine Mutter will mich sehen?“

„Ja, natürlich, ich mache doch damit keine Witze!“

„Aber mein Vater …“

„Dein Vater weiß nichts davon. Er ist arbeiten. Los jetzt!“

Von: Esther Jacobs <esther@xs42.nl>
Gesendet: Donnerstag, 24. September 14:47
An: Rosa van Dijk <rosa_vandijk@hotmail.com>
Betreff: So ein Mist!

Liebe Rosie,
ich habe Hausarrest. Meine Mutter hat mich mit Willem erwischt.
Wir haben in einem Café gesessen und ich habe noch versucht, mich unter dem Tisch zu verstecken, aber es war zu spät.
Ich muss ab sofort direkt von der Schule nach Hause kommen – und sie kennen meinen Stundenplan ganz genau. Und am Wochenende muss ich auch zu Hause bleiben. Das ist doch lächerlich! In welcher Zeit leben wir denn? Im Mittelalter oder was? Die haben sie echt nicht mehr alle. Sie haben auch gedroht, mir den Computer wegzunehmen, weil sie natürlich durchschaut haben, dass ich mit Willem über MSN Kontakt habe. Das gibt's alles gar nicht. Was soll ich tun? Hilf mir!

Deine verzweifelte Esther

Von: Rosa van Dijk <rosa_vandijk@hotmail.com>
Gesendet: Donnerstag, 24. September 18:04
An: Esther Jacobs <esther@xs42.nl>
Betreff: Tipps und Neuigkeiten

Liebe Esther,

Survival-Tipps für Streit mit den Eltern

1. Mit Speck fängt man Mäuse. Das heißt: Mit Freundlichkeit erreicht man oft mehr als mit Streit.
2. Versetz dich in die Lage deiner Eltern und versuch dir vorzustellen, warum sie so wütend auf dich sind.
3. Frag dich, ob sie in manchen Punkten vielleicht Recht haben.
4. Sprich das Problem direkt an. (Achte auf gutes Timing!)
5. Zeig ihnen, dass du Verständnis für sie hast.
6. Erklär ihnen (ruhig), was du denkst und warum sie sich keine Sorgen machen müssen.
7. Bitte sie, sich in deine Lage zu versetzen.
8. Frag sie, ob sie so etwas früher auch mal erlebt haben und welche Lösung sie damals gefunden haben.
9. Bleib ruhig und gelassen.
10. Und wenn alles schiefgeht, nicht mit Geschirr werfen oder Türen knallen, sondern eine Auszeit nehmen.

Komische Vorstellung, oder, dass unsere Eltern früher auch mal jung gewesen sind. Wer weiß, was *sie* alles angestellt haben!

Im Rosa-Land ist es still und einsam. Nose und ich haben seit unserem Telefongespräch am Dienstag keinen

Kontakt mehr gehabt. Ich vermisse ihn ganz schrecklich, aber ich widerstehe der Versuchung, ihn anzurufen oder ihm zu mailen. Ich habe ihn aus MSN gelöscht, denn jedes Mal, wenn sein Icon aufgeleuchtet hat, musste ich heulen. Ich glaube, es ist besser so. Jedenfalls versuche ich mir das die ganze Zeit einzureden. Wir hatten in letzter Zeit einfach zu viel Streit. Und wir wollen verschiedene Dinge.

Aber manchmal bin ich so traurig, und dann habe ich Angst, dass ich nie wieder einen so tollen, lieben und außergewöhnlichen Menschen wie ihn kennenlernen werde. Dann fantasiere ich mir lauter Dinge über ihn und Julia zusammen. Aargh! Wie kann sie es wagen, meinen Freund anzubaggern? Und dann bin ich wieder mordswütend auf Nose, weil er es okay fand, dass sie in sein Bett gekrochen ist. Und manchmal werde ich furchtbar böse auf mich selbst. Dann kann ich nur noch an all das denken, was ich falsch gemacht habe. Dass ich egoistisch bin und immer nur nörgele und dass ich viel zu misstrauisch und unsicher bin. Und dann hoffe ich wieder, dass doch noch alles in Ordnung kommt. Ich liege nachts deswegen stundenlang wach.

Ich versuche mich selbst so gut wie möglich abzulenken. Zum Glück ist hier viel los, weil der Laden am 10. Okto ber eröffnet und dann ein großes Fest gefeiert wird. Du bist doppelt und dreifach eingeladen und deine Eltern auch! Ihr bekommt noch einen Brief. Wir werden italienisches Eis verkaufen! Das hast du dir doch so gewünscht? Ein Cousin von Herrn Makkaroni hat hier in

der Stadt ein Eiscafé und beliefert uns (er stellt das Eis selber her). Gestern Abend waren wir zum Testessen dort. Wow, ich habe noch nie so leckeres Eis gegessen. Schlecht für die Figur, du wirst schon sehen.
Der Laden wird sehr schön. Die Möbel stehen schon alle drin. Es ist eine wilde Mischung aus alten Tischen und Stühlen, Lampen und Teppichen, aber verrückterweise passt alles sehr gut zusammen. Herr Spaghetti ist jetzt dabei, große Pflanzen dazwischenzusetzen, und meine Mutter durchsucht alle Secondhandläden nach immer noch mehr Gedöns.
Es kommt auch ein großes, altes Sofa in den Laden, auf dem man bequem rumhängen und Zeitschriften lesen kann – wie im Fernsehen!
Erst dachte ich, sie würden sich über die Einrichtung total in die Wolle kriegen, aber sie haben sich die Bereiche aufgeteilt. Herr Makkaroni kümmert sich um die Blumen und das Essen und meine Mutter um die Einrichtung und die Atmosphäre. Außerdem experimentiert sie mit allerlei Säften herum und ich darf probieren, hmmm! So werde ich zwar dick, aber auch sehr gesund!
Am Sonntag werde ich mit Noa, Joya und Carmen (falls sie will, wir sehen sie nämlich im Moment sehr selten) verschiedene Dinge testessen, die vielleicht auf die Karte kommen. (Juchu, auch Torte!)
Ich hätte nie gedacht, dass dieser wahnsinnige Plan meiner Mutter so gut funktionieren würde. Ich glaube, der Laden wird ein Riesenerfolg. Es stehen regelmäßig Leute vorm Schaufenster und schauen rein.

Heute Nachmittag habe ich ein gutes Werk vollbracht: Ich habe dafür gesorgt, dass Noa mit ihrer Mutter sprechen konnte. Ich habe Noa mit einer Ausrede auf den Markt gelockt (sie wusste von nichts, sonst hätte sie sich nicht getraut) und ihre Mutter war auch da. Das hatte ich zusammen mit Noas Bruder Mahmed eingefädelt. Er ist sehr nett, wenn man durch seine coole Gangsterschale hindurchsieht, und er wünscht sich sehr, dass Noa zurückkommt. Er hat erzählt, dass Noas kleiner Bruder jeden Tag bestimmt zehnmal nach ihr fragt. Mahmed versucht jetzt, seinen Vater umzustimmen.
Noa und ihre Mutter sind Tee trinken gegangen (nicht auf dem Markt, sondern in einem Café ein Stück entfernt, weil sie Angst hatten, dass sie von Bekannten oder Verwandten gesehen werden könnten). Noa war unglaublich glücklich, als sie nach Hause kam. Ich habe sie seit Ewigkeiten nicht mehr so fröhlich gesehen. Sie ist nur so durchs Haus gehüpft. Sie haben verabredet, sich jetzt jeden Mittwochnachmittag zu treffen.
Ich fände es so schön, wenn wieder alles in Ordnung käme, auch mit ihrem Vater. Auch wenn ich es sehr schade fände, wenn Noa wieder bei uns auszöge.
Von Saskia gibt es immer noch keine Spur. Das ist echt schrecklich, Jade vermisst sie so sehr. Sie versteht natürlich überhaupt nichts. Ich mache mir solche Sorgen, dass irgendwas Schlimmes mit ihr passiert ist.
Mail schnell die neuesten Neuigkeiten aus Esiland!!

Viele Küsse von Rosa

PS: Hast du noch ein paar Survival-Tipps für ein gebrochenes Herz?
PPS: Und gegen schlaflose Nächte?
PPPS: Ich habe einen Entwurf für das Ladenlogo gezeichnet.
PPPPS: Jetzt sitze ich gerade an der Speisekarte. Wird eine Mischung aus Logo, Zeichnungen und Collage, wie an meiner Zimmerwand. Schicke ich dir später.

Das Abbruchhaus

„Wow, das sieht ja super aus!" Rosa pickt eine geröstete Walnuss zwischen den Salatblättern heraus. „Und was für schönes Geschirr!"

Rosas Mutter strahlt. „Toll, oder? Habe ich auf dem Flohmarkt gefunden. Es ist ein bisschen zusammengestückelt, aber irgendwie passt es trotzdem gut. Und es hat fast nichts gekostet!"

Rosa, Joya, Dwight und Noa sitzen an dem langen Holztisch in der Mitte des neuen Ladens. Vor ihnen stehen verschiedene Schüsseln mit Salaten und Kannen voller Saft.

„Kommt Carmen nicht?", fragt Herr Rosetti und stellt gefüllte Brotkörbe vor ihnen ab.

„Nein, sie ist mit irgendwem ins Kino gegangen", antwortet Joya.

„Mit einem Mädchen vom Streetdance, glaube ich", sagt Rosa.

„Ihr habt doch keinen Streit, oder? Ich habe sie schon eine

ganze Weile nicht gesehen." Rosas Mutter sieht die Mädchen fragend an.

Rosa steckt sich ein Stück Gurke in den Mund. „Nein … Na ja, ein bisschen vielleicht. Sie hat es irgendwie auf Joya abgesehen. Sie ärgert sie, weil …"

Joya verpasst Rosa unter dem Tisch einen Tritt.

„Weil?", fragt Rosas Mutter.

„Wir verstehen uns im Moment nicht so richtig", sagt Joya.

„Das wird schon wieder."

„Ja, bestimmt. Aber sie verpasst ganz schön was!" Rosa blickt voller Vorfreude auf die Köstlichkeiten auf dem Tisch.

„Ja, und Samuel auch", sagt Noa.

„Und wo ist er?", fragt Rosas Mutter.

„Er ist beim Fußball. Aber am Zehnten, zur Eröffnung, ist er ganz sicher da. Hat er mir versprochen."

„*Looks terrific, Mister and Misses Rosetti*", sagt Dwight. „*Amazing. So kind of you to have me invited.*"

„*Glad to have you here, Dwight. But my name is not Rosetti, we are not married*", antwortet Rosas Mutter. Sie wirft Herrn Rosetti einen vielsagenden Blick zu.

Herr Rosetti tut so, als ob er den Wink nicht verstanden hätte, und zwirbelt vergnügt an den Enden seines Schnurrbartes herum. „*Ecco! Tutto è pronto, signori.* Ich werde euch sagen, was es zu essen gibt. Wir haben sechs verschiedene Brotsorten und vier Salate und auch ein paar kleine Häppchen und natürlich *i dolci*, die Nachtische. Ihr dürft alles probieren und benoten. Notiert eure Bewertung bitte auf den Zetteln, die danebenliegen."

„Wo ist Fleisch drin?“, fragt Rosa.

Herr Rosetti zeigt auf zwei Brote. „Nur in diesen beiden, und in diesem Salat ist Fisch. Aber alles ist bio. Das Fleisch kommt nicht aus Massentierhaltung, sondern von Tieren, die ein gutes Leben gehabt haben, und die Fische sind auch froh und frei herumgeschwommen.“

„Ich würde von jedem nur ein kleines bisschen essen“, sagt Rosas Mutter. „Sonst habt ihr nachher keinen Platz mehr für die Kuchen.“

Rosa wirft die Arme um ihre Mutter, die neben ihr sitzt. „Oh, Mama, das sieht alles so großartig aus. Und der Laden ist so schön geworden.“

„Wir sind noch nicht fertig, es muss noch viel gemacht werden. Vor allem hier an der Wand.“ Rosas Mutter zeigt auf die weiße Wand auf der anderen Raumseite. „Da soll das Logo hin, als Graffiti.“

Rosas Gesicht verdüstert sich. Noa, die ihr gegenübersitzt, greift unter dem Tisch nach Rosas Hand. „Hey, ich würde dir gern dabei helfen. Wenn du mir zeigst, wie es geht.“

Rosa lächelt traurig. Rosas Mutter drückt sie. „Es kommt bestimmt wieder alles in Ordnung mit Nose, Schatz. Ihr habt so was doch schon öfter durchgemacht.“

Rosa wischt sich eine Träne weg. „Diesmal ist es anders, Mama.“

„*Allora! Mangiare!*“, ruft Herr Rosetti. „*Buon appetito, amici!* Guten Appetit.“

„Wenn ich noch einen einzigen Bissen esse, platze ich“, sagt Rosa und öffnet ihren Hosenknopf. „Ich habe nur ‚sehr gut‘,

‚gut' und ‚befriedigend' vergeben. Abgesehen von den Broten mit Fleisch natürlich, die bekommen ‚ungenügend', auch wenn es Biofleisch ist."

Noa nickt zustimmend. „Einfach köstlich! Ein Traum. Ich finde die Fladenbrote mit gegrilltem Gemüse und Ziegenkäse am leckersten und alle Kuchen."

„Dieser Salat ist mein Favorit", sagt Joya. „Ich hätte nie gedacht, dass Rote Bete und Linsen so lecker sein können. Oh, wie schade, dass ich nicht mehr kann. Ich habe auch nur ‚gut' und ‚sehr gut' vergeben. Und wie toll, dass alles bio ist. Der Laden sollte lieber *Grüne Rose* heißen statt *Rosetti Bianco.*"

„Hm … keine schlechte Idee", sagt Rosas Mutter und sieht Herrn Rosetti an. „*Rosetti Bianco* kann man sich nicht so gut merken."

„Komm, lass uns bei *Rosetti Bianco* lunchen", sagt Rosa. „Das klingt wirklich nicht so toll."

„Lass uns bei *Rosetti's* lunchen, das klingt gut", sagt Joya.

Rosas Mutter nickt und legt ihre Hand auf die von Herrn Rosetti. „Finde ich auch …"

„Aber der Laden gehört uns beiden, *amore.*"

„Ach, das spielt doch keine Rolle. Namen sind doch nur Schall und Rauch! Es wird einfach *Rosetti's.*"

Herr Rosetti küsst Rosas Mutter liebevoll auf die Nase.

„Da geht er hin, mein Entwurf", sagt Rosa.

„Aber wieso denn?", sagt Rosas Mutter. „Du kannst die weißen Rosen doch trotzdem verwenden. Du änderst bloß den Schriftzug ab."

Herr Rosetti steht auf, nimmt sechs schmale Gläser aus

einem alten, weiß lackierten Schrank und stellt sie auf den Tisch. „Ich habe hier noch einen Dessertwein aus Piemont. Möchtet ihr alle einen kleinen Schluck? Das ist doch wohl erlaubt, mein Täubchen? Es sind doch schon große Kinder."

Rosas Mutter nickt. „Ja sicher, was glaubst du denn, was diese jungen Leute so trinken, wenn sie ausgehen? Bestimmt keinen Kakao."

Sie zwinkert Rosa zu.

„Für mich nicht, vielen Dank", sagt Noa. „Ich trinke keinen Alkohol."

Rosa nippt an dem dickflüssigen Getränk.

„Hmmm, lecker. Schade, dass Saskia nicht da ist. Der hätte all das auch sehr gut gefallen."

„Vor allem der Alkohol", sagt Noa lachend.

Joya springt plötzlich auf und schlägt sich an die Stirn. „Oh! Ich weiß, wo sie ist."

„Wer?", fragt Rosa.

„Saskia. Oh, wie dämlich, dass ich daran nicht früher gedacht habe!"

Joya, Dwight, Rosa und Herr Rosetti stehen im Dunkeln vor der Tür des Abbruchhauses. Herr Rosetti knipst die Taschenlampe an und beleuchtet die vernagelte Tür.

„Als wir das letzte Mal hier waren, war das noch nicht so. Da konnte man einfach so reingehen." Rosa blickt an der Fassade hoch. „Ich glaube, da ist niemand mehr. Sie ist nicht hier, Joya, dein Gefühl hat dich getäuscht. Lass uns nach Hause gehen, die Gegend hier ist unheimlich. Und es stinkt nach Männerklo."

„Ich glaube trotzdem, dass sie hier ist", sagt Joya.

Dwight versucht mit den Fingern hinter das Brett zu gelangen, das an die Tür genagelt ist, um es wegzureißen.

„This doesn' t budge", brummt er. *„No way we are gonna get in through here."*

Ein Stadtstreicher mit einem vollgeladenen Einkaufswagen läuft durch die Gasse. Er bleibt stehen und sieht sie an.

„Hey, was treibt ihr da? Hat keinen Sinn mehr, da reinzugehen. Die Bullen haben es geräumt. Wird in den nächsten Tagen abgerissen."

„Wir wollen nicht einziehen, wir suchen jemanden", sagt Rosa.

„Da ist keiner mehr. Nur noch Ratten und anderes Viehzeug. Sie haben es zugemacht, weil der Schuppen bald zusammenbricht. Die Jungs sind alle raus."

„Sind Sie sich da sicher?", fragt Joya.

„Nix ist sicher im Leben. Außer, dass man unterm Rasen landet, das ist sicher. Und dass man essen muss, wenn man Hunger hat." Der alte Mann zieht die Nase hoch und schlurft weiter, den Einkaufswagen mühsam vor sich herschiebend.

„Signore, un momento!" Herr Rosetti hält die Tüte, die er bei sich hat, hoch. „Haben Sie Hunger?"

Der Mann bleibt stehen und dreht sich um. „Na ja … Ich könnte schon was vertragen."

Herr Rosetti zieht ein Päckchen hervor. „Das hatte ich eigentlich für das Mädchen, das wir suchen, mitgenommen. Aber es sieht so aus, als würden wir es heute nicht finden. Bitte."

Der Mann wickelt die Folie ab, schnuppert an dem Brot

und gräbt seine Zähne hinein. Sein Gesicht hellt sich auf. „Allmächtiger!“ Gierig stopft er das Brot in sich hinein.

„Brrr…“, flüstert Rosa Joya ins Ohr. „Ich kann ihn bis hierher riechen. Der müsste mal dringend baden.“

„Das war köstlich. Das beste Brot der letzten zehn Jahre. Was sage ich da, das Beste, das ich je gegessen habe.“ Der Mann grinst. Sein Gesicht wird von Falten überzogen, sodass es wie ein schrumpliger Apfel aussieht, und Rosa bemerkt, dass ihm eine ganze Reihe Zähne fehlen.

„Habt ihr vielleicht noch was im Angebot?“, fragt er.

Herr Rosetti lacht und zieht ein zweites Päckchen aus der Tüte. „*Prego, signore*, ein leckeres Stück Schokoladenkuchen mit Nüssen. Frisch gebacken.“

Der Mann presst das kleine Paket an die Brust und macht eine Verbeugung. „Vielen Dank, Chef. Sehr freundlich von Ihnen. Schöner Schnurrbart übrigens. Wer Gutes tut, dem wiederfährt Gutes.“ Er nimmt seinen Einkaufswagen und schlendert weiter die dunkle Gasse entlang. „Es gibt noch einen Hintereingang, wenn man seitlich am Haus vorbeigeht!“, ruft er über die Schulter zurück. „Hinter dem Müllberg. Und aufgepasst vor Ratten und Spritzen!“

Hallo, Saskia – tschüss, Nose

Von: Rosa van Dijk <rosa_vandijk@hotmail.com>
Gesendet: Montag, 28. September 15:41
An: Esther Jacobs <esther@xs42.nl>; Jonas de Leeuw <jdl@xs22.nl>
Betreff: Saskia wiedergefunden!

Ich schreibe euch beiden schnell gleichzeitig, das ist einfacher.
Wir haben Saskia gefunden! Joya wusste auf einmal, wo wir suchen müssen. Sie war in dem Abbruchhaus! Wie blöd, dass wir daran nicht eher gedacht haben. Es war geräumt worden, und es gab keinen Strom, kein Wasser, nur Gestank, Müll und Ratten! Ich habe keine Ratten gesehen, aber gehört haben wir sie. Einfach gruselig!
Zum Glück waren wir zu fünft: Noa, Joya, Dwight, Herr Rosetti und ich. Meine Mutter ist bei den Kindern zu Hause geblieben, es war nämlich schon elf Uhr abends.

Herr Rosetti hatte schlauerweise eine Taschenlampe bei sich.

Wir haben Saskia in ihrem alten Zimmer gefunden. Sie lag unter einer schmutzigen Decke auf einer schmierigen Matratze in einer Zimmerecke. Wirklich elendig! Sie schlief und wir haben sie kaum wach bekommen. Als sie endlich die Augen aufmachte, war sie total durcheinander. Und wie sie aussah! Sehr dünn und mit großen Ringen unter den Augen und sie stank! Sie hatte sich übergeben und es nicht aufgewischt. Wir haben sie zum Notdienst gebracht und sie musste zur Beobachtung im Krankenhaus bleiben. Sie ist speedsüchtig! Und sie hat versucht, ganz alleine einen Entzug zu machen. Das ist alles, was ich bis jetzt weiß.

Ich finde es sehr mutig, dass sie selber versucht hat, mit dem Mist aufzuhören. Ich halte euch auf dem Laufenden, wir werden sie bald besuchen.

Viele XXX von Rosa

Rosa drückt auf *Senden*, öffnet den Ordner *Meine Bilder* und klickt auf den Unterordner *Nose*.

Sie seufzt tief. Alle Fotos, die sie in den letzten Jahren mit ihrem Handy gemacht hat, sind hier gespeichert. Nose in Groningen vor einem NO-FEAR-Graffitipiece am Bahnhof, stolz und lachend mit seinem Skateboard in der Hand. Nose, der sie am Festlandkai erwartet, braun, strahlend und mit weit ausgebreiteten Armen. Nose, der mit geschlossenen Augen in die Kamera küsst. Ein altes Foto: Nose, mit viel längeren Haaren, mit Abel auf dem Schoß, beide den Daumen im Mund. Nose und sie selbst, sich küssend. Nose in seinem Zimmer in Groningen, er kniet auf dem Boden auf einem großen Bogen Papier mit dem Entwurf zu *The magic is in the doing*.

Rosa reibt sich die Augen und starrt auf die Zeichnung, die sie an die Wand gesprüht hat. *What do you want?*

Sie würde so gerne kurz mit ihm reden. Seine Stimme hören. Von Saskia erzählen. Sagen, dass sie ihn liebt. Immer noch. Dass es so eigenartig ist, so unwirklich. Dass sie sich nicht vorstellen kann, dass er nicht mehr Teil ihres Lebens ist. Sie greift nach ihrem Handy, das neben der Tastatur liegt. Es ist Viertel nach vier. Was er jetzt wohl macht? Er hat bestimmt keinen Unterricht mehr. Rosa beißt sich auf die Lippe und verbirgt ihr Gesicht in den Händen. Vielleicht ist er bei Julia.

Sie schießt hoch, als ihr Handy klingelt. Ihr Herz beginnt wie verrückt zu klopfen. Auf dem Display erscheint Nose' Foto.

Rosa atmet tief ein. Ihre Hand zittert, als sie das Gespräch annimmt.

„Rosa, hier ist Nose."

„Ja … habe ich gesehen. Hi." Rosa räuspert sich. Sie hat vor Aufregung ihre Stimme verloren. „Ich habe gerade an dich gedacht …"

„Ja. Ich auch an dich."

Rosa wischt sich die Tränen von den Wangen.

„Wie geht es dir?" Nose' Stimme klingt eigenartig. Heiser. Anders.

„Gut.“

„Oh. Okay.“ Nose klingt überrascht.

„Und dir?“, fragt Rosa.

„Auch gut.“

Rosa nimmt all ihren Mut zusammen. „Nose, warum rufst du an? Wir hatten doch ausgemacht, für eine Weile keinen Kontakt zu haben?“

„Ja … aber …“

Im Hintergrund hört Rosa die Katze kläglich miauen. Er ist also zu Hause. Und es ist Musik an, ganz leise.

„Rosa …“

Rosas Herz beginnt noch heftiger zu klopfen. Jetzt sagt er es. Dass er es ohne sie nicht aushält. Dass er sie vermisst. Dass er will, dass alles wieder gut wird. Dass er sie über alles liebt. Dass es ihm leidtut und er sich ändern wird.

„Rosa, äh … ich weiß nicht, wie ich es dir sagen soll … ich, äh …“

Auf einmal macht sich Angst in Rosas Magen breit. „Was ist, Nose? Ist etwas passiert?“

„Nein … also … ich sage es lieber ganz schnell, dann habe ich es hinter mir.“

Rosa beißt sich auf die Fingerknöchel und kneift die Augen zu.

„Ich … Julia … Julia und ich …“

„Aber … also doch? Du hast es doch abgestritten?“

„Ja … aber, Rosa, erst danach … erst vorgestern …“

 Rosa lässt das Handy fallen, als wäre es glühend heiß. Wie gelähmt starrt sie auf das Foto von Nose auf dem Display. Fröhlich lachend, den Arm um sie gelegt.

Julia und Nose. Nose und Julia.

„Rosa … bist du noch da?“, erklingt es schwach aus dem Telefon.

„Rosa?“

Rosa schaltet das Handy aus. Dann schließt sie die Fotos auf dem Monitor.

•

„Rosa? Rosa, möchtest du mit ins Krankenhaus kommen? Hey, wieso liegst du im Bett?“

Rosa kommt unter ihrer Decke zum Vorschein. Als ihre Mutter ihr Gesicht sieht, setzt sie sich neben sie.

„Du hast geweint. Ach, Kind … ist es wegen Nose?“

Rosa nickt und bricht wieder in Tränen aus. Sie richtet sich auf und schlingt die Arme um ihre Mutter.

Rosas Mutter streicht ihr über den Rücken. „Ganz ruhig, Rosa … ganz ruhig … alles wird gut.“

„Nein, es wird nicht mehr gut, Mama. Es wird nie mehr gut. Nose hat eine andere.“

„Eine andere? Wen denn?“

„Diese … diese Julia. Ich habe es mir schon gedacht. Ich hatte schon die ganze Zeit so ein komisches Gefühl …“

„Aber das passt doch gar nicht zu Nose, dass er dich betrügt …“

„Nein … ich verstehe es auch nicht“, schluchzt Rosa. „Ich kapiere gar nichts mehr. Wir waren so lange zusammen. Wir haben so viel durchgemacht und jetzt … jetzt … kommt es mir vor, als würde er alles einfach wegwerfen! Und warum? Weil … weil …“

„Warum?“

„Mama, ich glaube, weil ich nicht … mit ihm schlafen wollte.“

„Ach, Mädchen … das ist bestimmt nicht der Grund, das kann ich mir nicht vorstellen.“

„Doch … Er hält mich garantiert für ein Baby. Ich hätte es einfach tun sollen …“

„Nein, ganz sicher nicht.“ Rosas Mutter hebt das Kinn ihrer Tochter hoch und sieht sie ernst an. „Nein, Rosa. Ich finde es sehr gut und stark von dir, dass du nichts getan hast, was du nicht wolltest. Dass du dir selbst treu geblieben bist. Davor habe ich sehr viel Respekt.“

„Ja aber … Was hat es mir gebracht? Jetzt bin ich ihn los!“

Schluchzend drückt Rosa ihr Gesicht an die Schulter ihrer Mutter.

„Ganz ruhig, Röschen. Weißt du, wenn sich in einer Beziehung einer in jemand anderen verliebt, hat das immer einen Grund. Ich stelle mir das Leben als Weg vor. Manchmal verlaufen die Wege von zwei Menschen eine Weile parallel, aber irgendwann kann es passieren, dass jeder in eine andere Richtung weitergeht.“

„Aber warum denn? Wenn man sich doch liebt?“, ruft Rosa verzweifelt.

„Tja … weil diese zwei Menschen nicht das gleiche Ziel haben.“

„Daran liegt es bestimmt nicht! Ich habe einfach alles

falsch gemacht. Nose … Nose hat gesagt, dass ich ihn an seine Mutter erinnere. Dass ich immer rumnörgele … Und ihn nicht so akzeptiere, wie er ist. Dass ich ihn verändern will. Dass ich ihm nicht vertraue … Es ist schlicht und ergreifend meine Schuld, dass es aus ist!“

„Nein, Rosa, es ist nicht deine Schuld. Wenn es auseinandergeht, hat niemand alleine Schuld. Jeder macht Fehler. Und das ist auch nicht schlimm, denn aus Fehlern kann man lernen.“

„Ich habe auch versucht zu lernen … aber trotzdem war es nicht genug.“

„Rosa, ihr seid noch so jung, ihr müsst beide noch so viel entdecken.“

„Ich … ich kann nicht ohne ihn!“, schluchzt Rosa.

„Doch, mein Schatz, das kannst du.“

„Aber Mama, es tut so weh …“

Rosas Mutter drückt Rosa fest an sich. Auch über ihre Wange läuft eine Träne.

„Ich weiß, mein Schatz, es tut sehr weh. Und man hat das Gefühl, dass dieser Schmerz nie vorbeigehen wird. Aber er verändert sich. Er lässt langsam nach. Und dann, irgenwann, spürst du ihn nicht mehr. Das verspreche ich dir.“

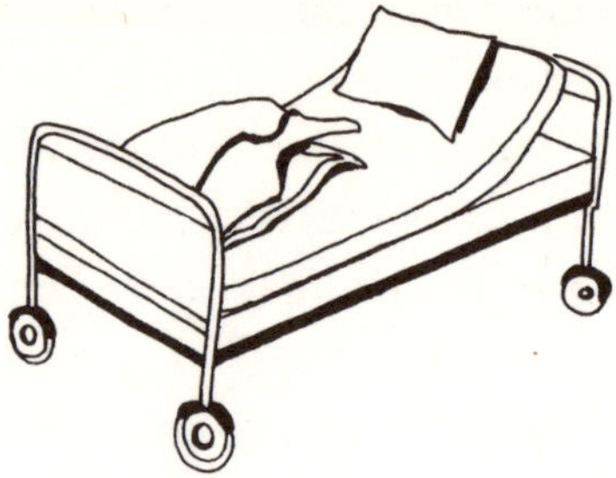

Saskias Geschichte

Als Rosa und ihre Mutter Saskias Zimmer im Krankenhaus betreten, liegt Saskia nicht in ihrem Bett. Sie sitzt angezogen auf einem Stuhl und springt sofort auf.

„Ich darf nach Hause, mir fehlt nichts. Wollen wir gehen?"

„Oh, Saskia, wie schön. Zum Glück! Wir haben uns solche Sorgen gemacht." Rosas Mutter geht auf sie zu und gibt ihr einen Kuss auf die Wange. „Und deine Kleider sind gewaschen. Das haben sie aber schnell erledigt. Wie fühlst du dich?"

„Gut." Saskia geht zur Tür. „Kommt, lasst uns gehen."

„Aber ... sollten wir nicht jemandem Bescheid sagen? Musst du dich nicht abmelden?"

„Weiß ich nicht. Sie haben gesagt, dass ich gehen darf." Saskias Gesicht ist starr und bleich. Sie ist ungeschminkt, was sie jünger macht. Die Haarverlängerung ist verschwunden und ihre Haare sind fransig mit dunklem Haaransatz.

Rosa geht ebenfalls zu ihr und nimmt ihre Hand. „Wie geht es dir, Saskia?"

Saskia zieht ihre Hand sofort zurück. „Das habe ich doch schon gesagt! Es geht mir gut. Aber jetzt will ich hier weg."

„Ich gehe kurz zur Anmeldung, ich möchte mit dem Arzt reden", sagt Rosas Mutter. „Wartet hier bitte kurz."

„Au Mann. Dieser Ort macht mich ganz verrückt." Unruhig läuft Saskia durch das kleine Zimmer.

Rosa lässt sich aufs Bett fallen und klopft einladend auf die Matratze. „Setz dich doch neben mich, Saskia."

„Nein ..." Saskia bleibt vor dem Fenster stehen und kaut an den Fingernägeln. „Wie geht es Jade?"

„Gut. Sie wird sich so freuen, dich wiederzusehen."

Saskia geht ans Waschbecken und dreht nervös den Wasserhahn auf und zu.

„Wo bleibt bloß deine Mutter?"

„Die kommt bestimmt gleich. Vielleicht muss sie einen Moment auf den Arzt warten."

Saskia geht zu einem Stuhl, setzt sich hin und kratzt sich hektisch am Hals.

Rosa blickt sich um. „Wie schrecklich langweilig es hier aussieht. Sie sollten mal ein bisschen Farbe an die Wand bringen. Oder noch besser: Graffiti. *Get well soon.* Oder *No fear!* Das würde auch gut hierherpassen." Sie grinst unbehaglich.

Saskia antwortet nicht und beißt sich auf die Lippe.

„Hast du ... hast du schon mal im Krankenhaus gelegen?", fragt Rosa schließlich.

Saskia steht auf und tigert herum. „Ja, einmal."

„Wann war das?"

„Als ich Jade bekommen habe."
„Ist sie im Krankenhaus geboren worden?"
„Ja."
„Hat es sehr doll wehgetan?"
Saskia dreht sich um und sieht Rosa an. „Was?"
„Na ja … die Geburt."
„Keine Ahnung."
„Keine Ahnung? Wie meinst du das?"
„So halt." Saskia zieht ihre Jeans ein Stück herunter. Unter ihrem Nabel verläuft eine dünne weiße Linie. Rosa sieht, dass ihre Hüftknochen hervorstechen, so dünn ist Saskia. „Hattest du einen Kaiserschnitt? Das hast du noch nie erzählt. Warum denn?"
Saskia zieht ihre Hose wieder hoch. „Sie lag falsch rum. Steißlage."
„Wow … Was für ein großer Schnitt. Darf ich noch mal sehen?"
„Nein." Saskia geht zur Tür und blickt in den Gang. Dann kommt sie zurück ins Zimmer und setzt sich wieder. Rosa zögert und zwirbelt eine Locke um ihren Finger.
„War jemand bei dir, als du im Krankenhaus warst?"
„Nein. Ich war allein. Jetzt hör mal auf zu fragen, Miss Superschlau."
„Zum hundertsten Mal: Ich bin nicht Miss Superschlau."
„Im Vergleich zu mir schon." Saskia geht zum Waschbecken, stellt den Wasserhahn wieder an, trinkt einen Schluck und sieht in den Spiegel. „Du bist die liebe Miss Superschlau und ich bin Miss Superbad."
„Ach jetzt komm, lass doch den Quatsch."

Saskia sieht Rosa im Spiegel an. „Du weißt gar nicht, wie viel Glück du hast, Rosa. Du hast alles. Eltern, die dich lieben, ein schönes Haus, einen süßen Bruder, Freunde, du gehst zur Schule, wirst studieren … Und du hast Nose."

„Nicht mehr", sagt Rosa.

Saskia dreht sich um. „Was?"

„Es ist Schluss."

„Pff … zum tausendsten Mal."

Rosa senkt den Kopf. „Richtig Schluss. Er hat eine andere."

„Was für ein Idiot. Hat er dich betrogen? Ich hab's doch immer gesagt. Männern darf man nicht trauen."

„Doch. Natürlich darf man das. Nicht alle Männer sind gleich", sagt Rosa bestimmt. „Manchmal kann man Mädchen auch nicht trauen. Und zwar aus gutem Grund."

Saskia hebt die Augenbraue. „Ja, blablabla, wird schon stimmen."

„Dass du dich so mies fühlst und so abweisend bist, hat doch auch einen Grund …"

„Tja … Ich tauge einfach nichts. Meine Mutter hat das schon zu mir gesagt, als ich klein war, und sie hat Recht behalten."

„Siehst du, das ist doch ein Grund. Wenn dir jemand immerzu einredet, dass du nichts taugst … Deine Mutter …"

„Ich möchte nicht über meine Mutter reden." Saskia geht zur Tür. „So, das dauert mir jetzt zu lange, ich gehe."

Rosa springt vom Bett auf und stellt sich vor Saskia.

„Bitte, Saskia, jetzt warte doch, bis meine Mutter wieder da ist."

„Warum?"

„Weil sie darum gebeten hat. Du kannst nicht einfach abhauen. Vielleicht muss der Arzt noch mal nach dir sehen oder so."

„Sie haben gesagt, dass ich gehen darf, also gehe ich." Saskia versucht sich loszureißen, aber Rosa hält sie am Arm fest.

„Ich lasse dich nicht weglaufen, Saskia. Nicht schon wieder."

Saskia zerrt an ihrem Arm. „Von dir lasse ich mich ganz bestimmt nicht aufhalten."

Rosa stellt sich vor sie, die Arme in die Hüften gestemmt. „Saskia, was willst du?"

„Ich will hier weg, das sage ich doch die ganze Zeit. Bist du taub oder so?"

„Nein, ich meine: Was willst du mit deinem Leben anfangen? Du hast die Wahl. Ich glaube, ich habe dich das schon mal gefragt. Willst du für Jade genau so eine Mutter sein, wie es deine Mutter für dich war, oder willst du versuchen, es besser zu machen?"

Saskia sieht Rosa spöttisch an. „Als ob ich wirklich eine Wahl hätte."

„Doch, das habe ich dir auch schon mal gesagt. Es ist deine Entscheidung."

Saskia schiebt Rosa heftig zur Seite und läuft aus dem Zimmer.

Von: Rosa van Dijk <rosa_vandijk@hotmail.com>
Gesendet: Dienstag, 29. September 16:32
An: Esther Jacobs <esther@xs42.nl>; Jonas de Leeuw <jdl@xs22.nl>
Betreff: Saskia ist zurück

Ihr beiden Süßen,
Saskia ist seit gestern Abend wieder zu Hause.
Zuerst dachten wir, sie wäre schon wieder abgehauen. Wir haben sie im Krankenhaus besucht und sie hat gesagt, dass sie nach Hause gehen dürfe. Meine Mutter hat sich auf die Suche nach einem Arzt gemacht und ich habe mit Saskia in ihrem Zimmer gewartet. Ich habe versucht mit ihr zu reden, aber sie wollte überhaupt nichts hören und ist wütend weggelaufen. Meine Mutter war total sauer auf mich, weil ich sie nicht aufgehalten habe. Ich habe mich so schlecht gefühlt. Aber als wir nach Hause kamen, saß Saskia vor der Tür und wartete auf uns. Sie weinte.
Meine Mutter hat sie ins Bett gesteckt und seitdem schläft sie! Immer noch! Als ich in der Schule war, ist sie wohl kurz wach gewesen und hat unglaublich viel gegessen, hat meine Mutter erzählt. Drei Spiegeleier und sechs Scheiben Brot hat sie in sich reingestopft. Und zwei Stück Kuchen! Dann ist sie sofort wieder eingeschlafen. Meine Mutter sagt, dass das zu den Entzugserscheinungen vom Speed gehört. Wenn man Speed nimmt, hat man unendlich viel Energie und fühlt keinen Hunger und keine Müdigkeit. Man kann einfach

tagelang durchhalten, ohne zu schlafen und zu essen. Man braucht sämtliche Reserven auf. Und wenn man damit aufhört, ist man erschöpft und todmüde. Das hat der Arzt meiner Mutter erklärt.
Saskia will wirklich entziehen, aber der Arzt sagt, dass die Gefahr, rückfällig zu werden, sehr groß ist und sie darum professionelle Hilfe braucht. Meine Mutter wird sie in eine Entzugsklinik bringen. Ich hoffe nur, dass sie auch mitmacht und es durchhält.
Mit Nose ist endgültig Schluss, schätze ich. Das, was ich schon die ganze Zeit geahnt habe, ist wahr geworden. Er ist mit dieser Julia zusammen, das hat er mir selbst erzählt. Ich bin sehr traurig, aber ich versuche mich so gut wie möglich abzulenken. Es müsste auch eine Klinik geben, in der man Entzug von seinem Freund machen kann. Manchmal fühle ich mich auch wie eine Süchtige. Eine Süchtige, die einen Schuss Nose braucht.
Ich muss das Logo noch auf die Wand im Laden sprühen und die Speisekarten fertig machen, aber ich habe überhaupt keine Ideen.

Viele XXX von Rose

Schock

Von: Jonas de Leeuw <jdl@xs22.nl>
Gesendet: Dienstag, 29. September 21:12
An: Rosa van Dijk <rosa_vandijk@hotmail.com>
Betreff: Wie überlebe ich Liebeskummer?

Liebe Rosi,
was für ein Glück, dass Saskia zurück ist und von dem Zeug loskommen will. Ich hoffe wirklich, dass sie es schafft. Und total lieb von deiner Mutter, dass sie so viel für sie tut und so viel Geduld mit ihr hat. Es tut mir schrecklich leid für dich, dass mit Nose Schluss ist. Ich kann mir aber nicht vorstellen, dass es für immer ist. Bisher hat es sich doch jedes Mal wieder eingerenkt.
Also: Kopf hoch!
Hier ein paar Survival-Tipps bei Liebeskummer (auch wenn ich denke, dass du dich damit selber am besten auskennst).

Survival-Tipps bei Liebeskummer

1. Wenn du dich alleine fühlst, denk an alle Menschen, die dich lieb haben.
2. Denk an die Vorteile des Single-Daseins (du kannst dich mit anderen Jungs treffen, tun und lassen, was du willst, du hast viel mehr Zeit etc.).
3. Triff dich mit vielen netten Menschen und bleib nicht alleine in deiner Sardinenbüchse hocken.
4. Sprich über deinen Kummer, zieh dich nicht zurück.
5. Schreibe Mails, viele Mails, aber nicht an ihn (an mich ☺)!

Mir geht es jetzt viel besser. Eigentlich dank dir, Rosie. Nach unserem letzten Gespräch in MSN habe ich doch noch diesen Test gemacht und habe einen ganz schönen Schreck bekommen. Ich habe alle Fragen mit Ja beantwortet.

Ich habe meinen WoW-Account stilllegen lassen. Ich will nicht mehr spielen, und darum habe ich mich für einen Fernkurs Japanisch und für einen Line-Dance-Kurs angemeldet, habe angefangen einen Schal zu stricken und mache wieder Sport. Nein, war ein Witz, bis auf das Letzte. Und ein Wunder ist geschehen. Ich habe im Fitnessstudio jemanden kennengelernt. Einen Jungen, er heißt Jochem. Er ist ein Jahr älter als ich und ist auf einer Schule in Heerlen. Ich weiß nicht, ob es was wird, aber es hat sofort gefunkt, als er mich aus der Hantelbank befreit hat, in der ich festgesteckt habe.

Wir haben den ganzen Abend draußen auf den Stufen

vor dem Fitnessstudio gesessen und uns unterhalten. Wir haben so viel gemeinsam! Endlich jemand, mit dem ich reden kann. Und jemand, der sich für mich interessiert. Der mir Fragen stellt und wirklich zuhört! Granito war nett und lustig, aber geredet, wirklich geredet haben wir nie. Jochem spielt Gitarre und liest sehr viel. Auch Gedichte! Kaum zu glauben. Er kennt meinen Lieblingsdichter! Und er kennt sogar ein Gedicht von ihm auswendig. Er sieht gut aus, nicht bildschön oder übermäßig aufregend, aber nett, offen und freundlich. Er hat rotblonde Haare und stahlblaue Augen, ist etwas größer als ich und ein bisschen mollig. Er wohnt in einem Dorf ganz in der Nähe, nur eine gute Viertelstunde mit dem Fahrrad von mir entfernt. Ich finde das wahnsinnig spannend! Ich glaube, dass er auch auf Jungs steht, aber ganz sicher weiß ich es nicht. Man kann ja wohl kaum danach fragen, wenn man jemanden gerade erst kennengelernt hat. Morgen treffe ich ihn wieder, wir wollen zusammen joggen. Das heißt, mir steht eine schlaflose Nacht bevor. ☺
Ich war wieder in der Schule. Das war nicht so toll. Der Junge, dem ich die Nase gebrochen habe, war auch da. Er hat einen Schutz auf der Nase und ein blaues Auge. Ich habe mich zu Tode geschämt, als ich das gesehen habe. Ich bin schließlich schuld daran! Er und seine Clique ignorieren mich und ich halte mich so weit wie möglich von ihnen entfernt. Ein Mädchen ist ganz nett zu mir. Sofie. Sie gehört nicht wirklich zu einer der Cliquen, sondern zieht ihr eigenes Ding durch. Sie ist sehr selbst-

bewusst und fröhlich. Ich wünschte, ich könnte auch so sein. Durch sie fühle ich mich nicht ganz so alleine. Sie ist wirklich meine Rettung.
Und weißt du, was schön ist: Die Gedichte kommen wieder, in den seltsamsten Momenten schießen mir Zeilen durch den Kopf.
Auf dem Fahrrad, unter der Dusche, in der Schule.
Hier ist eins, extra für dich.

Wenn du Liebe suchst,
wirst du sie nicht finden.
Liebe findet dich,
wo du nicht mit ihr rechnest.
Auf dem Weg nach irgendwo
oder auf dem Weg zurück,
beim Warten vor dem Klo,
dann, wenn du traurig bist,
down oder vielleicht auch froh.

Wenn du Liebe suchst,
wirst du sie nicht finden.
Denn Liebe findet dich,
wenn du nicht mit ihr rechnest.
Gerade wenn du denkst:
Ich bleibe allein, so wird es sein,
tritt die Liebe bei dir ein.

Viele XXXXXXXXXXXXXXXXXXXX von Jonas

PS: Ich freue mich riesig auf eure Ladeneröffnung! Ich bin total gespannt, wie alles geworden ist.
PPS: Und ich möchte auch so gerne das ganze Essen probieren! Was für ein Luxus! Darf man einfach nehmen, was man will?
PPPS: Ein Minuspunkt: Meine Eltern wollen mit. ☹ ☹ ☹

Von: Esther Jacobs <esther@xs42.nl>
Gesendet: Dienstag, 29. September 22:09
An: Rosa van Dijk <rosa_vandijk@hotmail.com>
Betreff: Single!

Liebe Rosaline,
wie gut, dass ihr Saskia gefunden habt! Speedsüchtig! Echt heftig! Das ist total mieses Zeug. Ich habe im Internet recherchiert, was genau das mit einem macht. Es gibt jede Menge Websites zu dem Thema. Wusstest du, dass man mittlerweile auch online mit einer Beratungsstelle Kontakt aufnehmen kann, wenn man Probleme mit Alkohol und/oder Drogen hat? Wirklich eine gute Sache!

Halt dich fest: Ich habe mit Willem Schluss gemacht. Eigentlich hat er mir schon länger nicht mehr so richtig gefallen, aber weil es verboten war, war es irgendwie besonders spannend. Er war in der Tat viel zu alt für mich. Er hat lauter blöde Fernsehserien geschaut und wollte immer in dieselbe Kneipe zum Dartspielen. Am

Anfang habe ich so getan, als ob es mir Spaß machen würde, und er hat sogar versucht, es mir beizubringen, bis ich dem Barkeeper einen Pfeil ins Auge geworfen habe. (Nein, Quatsch, er hat ihn kommen sehen und ist zur Seite gesprungen. Aber da stand ein Käfig mit einem Papagei. Wenn die Gitterstäbe ein bisschen weiter auseinander gewesen wären, wäre ich ein Papageienmörder geworden!) (Schönes Wort für Scrabble.) Außerdem hat er ein ekliges Rasierwasser benutzt. Am Anfang habe ich gesagt: „Hmm ... wie gut du riechst, Willem." Nur um ihm zu schmeicheln. Tja, das hätte ich mal lieber gelassen, denn von da an hat er sich von oben bis unten damit eingesprüht. Brrr. Ein weiser Rat: Lügen bringen dich nur in Schwierigkeiten! Ansonsten wollte er tatsächlich so einiges, was alte Kerle eben wollen, auf dem Sexgebiet. Nein danke. Und ständig hat ihn seine Ex angerufen! Zuerst hat er mir verheimlicht, wer es ist, aber es kam so oft vor, dass ich neugierig wurde. Mit meiner Superdetektivnase bin ich dahintergekommen. Ich habe einfach die Wahlwiederholung gedrückt und mit ihr gesprochen! Sie und Willem haben sogar zwei Jahre lang zusammen gewohnt! Hatte er mir gar nicht erzählt. Ich bin darüber ganz schön erschrocken. Da erst habe ich eingesehen, dass er tatsächlich schon ein ziemlich alter Knacker ist, und habe Schluss gemacht. Ja, ihr hattet alle Recht. Meine Eltern sind natürlich irre froh! Jetzt verhätscheln sie mich von hier bis Tokio, das ist richtig lustig. War mit meiner Mutter shoppen und in einem feinen Restaurant zum Essen. Und in den nächsten

Ferien fahren wir wieder nach Amerika, juchhu! Ich bin ein entsetzlich verwöhntes Einzelkind, ja, weiß ich. (Und ich liebe es! ☺)
Ich bin froh, dass das ganze Theater vorbei ist und es zu Hause wieder schön ist. Und ich bin um eine Erfahrung reicher. Das habe ich auch zu meinen Eltern gesagt. Du hättest ihre Gesichter sehen sollen. ☺
Jetzt sind wir beide wieder Single, Rosa. Wenigstens können wir viel zusammen unternehmen, das hat ja in letzter Zeit überhaupt nicht mehr geklappt, und eigentlich vermisse ich das total. Vielleicht darfst du ja nach Amerika mitkommen! Wäre das nicht großartig? Ich frage mal!
Ich freue mich riesig auf die Eröffnung von eurem Laden und vor allem auf das Eisssss! Kommen viele Leute? Vielleicht können wir beide Kellnerin spielen. Ich würde gerne mithelfen. (Siehst du, so verwöhnt bin ich nun auch wieder nicht.)

Viele Knutschies von deiner besten Freundin Esther!

PS: Survival-Tipps, wie der Entzug von deinem Freund klappt
1. Versuch, den Kopf frei zu bekommen. Unternimm was Schönes (mit deinen Freundinnen – vor allem mit mir).
2. Flirte drauflos! Pepp dein Ego auf!
3. Geh zum Friseur und lass dir die Haare schneiden (die Esoteriker sagen, dass die gesamte verbrauchte Energie in deinen Haaren feststeckt).

4. Mach einen großen Bogen um den Grübel- und Kummermorast.
5. Lies ein gutes Buch oder eine Zeitschrift und schau dir Filme an, die dich aufheitern.

Gerade als Rosa Esthers Mail zu Ende gelesen hat, bekommt sie eine weitere. Die Mail ist von Nose. Sie versetzt ihr einen Stich ins Herz.

Von: Vincent van Gelderen <Nose@fastmail.com>
Gesendet: Dienstag, 29. September 22:14
An: Rosa van Dijk <rosa_vandijk@hotmail.com>
Betreff: Wir

Liebe Rosa,
du hast gestern einfach aufgelegt und jetzt gehst du nicht mehr ans Telefon. Das kann ich auch sehr gut verstehen.
Es tut mir alles schrecklich leid, aber ehrlich, ich habe dich nicht betrogen. Ich habe Julia nicht angefasst, solange ich mit dir zusammen war. Ich wollte dir erzählen, dass ich irgendetwas für sie empfinde. Ich weiß nicht genau, was es ist. Ich liebe dich unendlich, aber das ständige Hin und Her und die ganze Streiterei, die es zwischen uns gab, habe ich nicht mehr ausgehalten. Und du auch nicht, wenn ich das richtig sehe.
Ich möchte herausfinden, wer ich bin und was ich will, und dafür brauche ich Zeit und Freiheit.
Ich fände es schrecklich, nie mehr etwas von dir zu

hören. Wir waren so lange zusammen. Vielleicht können wir in ein paar Monaten wieder mal telefonieren oder uns treffen? Und ab und zu mal mailen?
Ich werde dich schrecklich vermissen, Rosa, aber ich glaube, es ist besser so.

Alles Liebe von Nose

Nicht allein, sondern gemeinsam

„Rosa? Schläfst du?“

Rosa schreckt hoch. Saskia steht in der Tür, sie trägt einen alten Pyjama von Rosas Mutter.

Rosa knipst die Lampe neben ihrem Bett an. „Wie spät ist es?“

„Ich glaube, so gegen vier. Entschuldige, ich war auf einmal hellwach.“

„Ja, das kann ich mir vorstellen, so lange, wie du geschlafen hast. Aber ich bin echt müde und ich muss morgen zur ersten Stunde in die Schule.“

„Ja, tut mir leid, ich gehe ja schon wieder …“ Saskia schließt die Tür.

„Nein, Saskia! Komm zurück! Was ist denn?“

„Ich … ich wollte mit dir reden.“

„Hilfe, und das kann nicht bis morgen warten?“ Rosa schlägt ihre Bettdecke zurück. „Also gut, dann komm her.“

„Zu dir ins Bett?“

„Ja, ist das so schlimm? Ich habe geduscht, und Ungeziefer ist auch nicht im Bett."

„Haha. Schon kapiert. Ich bin auch sauber. Blitzsauber. Ich habe gerade eine Stunde in der Badewanne gelegen."

Saskia kriecht neben Rosa und wirft die Bettdecke über sie beide.

„Geht es dir schon etwas besser?", fragt Rosa gähnend.

„Ja … Die ersten Tage waren wirklich schrecklich. Ich war so unruhig. Als ob mir Ameisen durch den ganzen Körper krabbeln würden. Aber das ist jetzt viel besser geworden. Und du? Deine Mutter hat gesagt, dass du sehr traurig bist. Wegen Nose."

„Ja, das bin ich auch." Rosa seufzt.

„Hey, das wird doch wieder, oder? Das wird doch immer wieder mit euch beiden."

„Ich weiß es nicht … ich glaube nicht."

„Tut mir leid für dich, Rosa."

Rosa macht das Licht aus. Für einen Moment ist es still im Zimmer. Draußen schlägt die Uhr vom Westerturm viermal.

„Ich fühle mich sauber", flüstert Saskia.

„Ja, das glaube ich gerne, wenn du eine Stunde in der Badewanne gelegen hast."

„Innerlich, meine ich. Weil das bescheuerte Zeug nicht mehr in meinem Körper ist. Ich habe mich die ganze Zeit so schmutzig gefühlt, Rosa. Schmutzig und schlecht. Ich habe mich vor mir selbst geekelt."

„Du bist nicht schlecht."

„Ich habe aber schlechte Dinge getan."

Rosa schweigt.

Saskia stößt sie an. „Willst du nicht wissen, was?“

„Doch natürlich, aber ich sollte doch nicht mehr so viel fragen.“

Saskia grinst. „Miss Superschlau …“

Rosa muss lachen.

Saskia holt tief Luft. „Du wirst mega ausflippen.“

„Ich kann ganz schön was ab.“

„Ich habe schon Speed genommen, als ich noch im Pink Lagoon gearbeitet und in dem Abbruchhaus gewohnt habe. Um nachts nicht schlafen zu müssen. Sonst hätte ich es nicht durchgehalten, mit Jade tagsüber.“

„Das hast du uns nie erzählt!“

„Nein, was denkst du denn? Ich habe mich dafür geschämt.“

„Wie hast du das Zeug eigentlich genommen, gespritzt?“

„Nein, gesnieft. Am Anfang habe ich es nur ein oder zweimal pro Nacht genommen, das hat ausgereicht. Aber nach und nach brauchte ich immer mehr. Auch tagsüber.“

„Und auf Terschelling? Hast du es da auch genommen?“

„Ja, ich habe mich deswegen auch echt beschissen gefühlt. Wie eine Betrügerin. Ich habe versucht, es zu lassen, aber ich habe es nicht geschafft. Darum bin ich abgehauen. Diese Jungs hatten alles dabei.“

„Meine Güte, das habe ich überhaupt nicht durchblickt … Aber wie hast du das denn finanziert? Drogen sind doch irre teuer!“

„Das ist das Trügerische an Speed. Es kostet wenig, verglichen mit anderem Zeug. Erst konnte ich es von meinem Lohn bezahlen, aber bald schon nicht mehr. Und da habe ich angefangen zu dealen."

„Im Pink Lagoon?"

„Ja, auch."

„Mensch, Saskia!"

„Hab ich doch gesagt, schlechte Dinge."

„Und wie bist du an das Speed rangekommen?"

„Über einen anderen Dealer. Einen älteren Jungen."

„Und hast du auch noch gedealt, als du bei uns gewohnt hast?"

„Ja. Man kann damit nicht einfach so aufhören. Ich habe es sogar in eurem Laden verkauft. Nicht oft, es ist bloß ein paarmal vorgekommen."

„Oh Mann, wenn das Herr Rosetti wüsste!"

„Das darfst du ihm auf keinen Fall erzählen. Dann werfen sie mich sofort raus. Ich verstehe sowieso nicht, wieso ich überhaupt zurückkommen durfte."

Rosa schweigt einen Moment. „Ich glaube, du solltest lieber ehrlich sein, Saskia, wenn du wirklich mit allem Schluss machen willst. Weißt du noch, man darf keine Angst haben und muss sagen, was man zu sagen hat. Mit dem Krokodil reden."

„Ja, leichter gesagt als getan."

Rosa richtet sich auf. „Hm, deshalb war auch dieser Typ im Laden, der dich gesucht hat."

„Wer? Wie sah er aus?"

„Ziemlich ungepflegt. Lang und dünn. Ungefähr vierzig. Und ihm hat ein Zahn gefehlt."

„Oh nein!"

„Was?“

„Das ist der Typ, von dem ich das Zeug bekommen habe. Ich habe Schulden bei ihm.“

„Wovon?“

„Von den Drogen, die ich bei ihm gekauft habe, um sie dann weiterzuverkaufen.“

„Und ... und war das derselbe Mann, der dich manchmal spätabends abgeholt hat?“

Saskia nickt.

„Meine Güte. Hast du noch was von dem Zeug?“

„Nein, ich habe es im Klo runtergespült. Zwei Tage, nachdem ich dich getroffen habe, im Park. Da habe ich beschlossen aufzuhören. Wegen Jade.“

„Und deinetwegen! Wie hoch sind deine Schulden?“

„Ungefähr vierhundert Euro. Er wird mich nicht in Ruhe lassen, bis er sein Geld hat. Und er ist kein netter Mensch.“

„Mist“, murmelt Rosa.

„Ja, allerdings. Er hat mich schon einmal mit einem Messer bedroht.“

„Oh Saskia, wie bist du da nur reingeraten?“ Rosa legt sich wieder hin und sieht sie mit großen Augen an.

Saskia starrt an die Decke.

„Das weiß ich eigentlich auch nicht. Ich hatte mir so fest vorgenommen, nicht wie meine Mutter zu werden, und jetzt bin ich noch schlimmer.“

„Aber es ist nicht zu spät, du kannst dich noch ändern.“

„Ja, das sagst du immer. Aber dazu bin ich einfach nicht stark genug.“

„Du musst wissen, was du wirklich willst.“

„Ich will nicht, dass Jade später so unglücklich wird wie ich und dass sie solche Dinge tut wie ich. Ich will eine gute Mutter sein, aber ich weiß nicht wie."

Rosa setzt sich wieder auf. „Saskia, das habe ich durch das ganze Theater völlig vergessen! Bist du schwanger?"

Saskia sieht sie erstaunt an. „Nein."

„Aber ... auf Terschelling, mit diesen Jungs ..."

Saskia lacht bitter. „Nein, mit denen lief nichts, auch wenn die das wollten. Pff, diese Vollidioten."

„Ich dachte ..."

„Dass ich mit jedem ins Bett gehe?"

„Nicht mit jedem, aber ..."

„Ich sag dir mal was. Ich habe nur ein einziges Mal in meinem Leben mit jemandem geschlafen."

„Echt? Ein Mal? Das ist nicht dein Ernst."

„Und ob das mein Ernst ist. Es ist die Wahrheit. Aber wie kommst du darauf, dass ich schwanger bin?"

„Wir haben im Mülleimer in eurem Badezimmer einen Schwangerschaftstest gefunden."

„Der ist garantiert nicht von mir."

„Das ist ja komisch. Wirklich seltsam. Von Noa kann er auch nicht sein. Glaube ich jedenfalls ..."

„Man kann nie wissen."

„Nein ... Hey, und von diesem einen Mal bist du mit Jade schwanger geworden?"

„Ja."

Rosa ist für einen Moment still.

„Du ... Saskia, ich weiß, dass du nicht darüber reden willst, aber ... wer ist ihr Vater?"

Rosa spürt, wie Saskia erstarrt.

„Du brauchst es nicht zu erzählen, wenn du nicht willst."

Saskia holt tief Luft. Der Westerturm schlägt einmal, dann ist es still. Saskia räuspert sich. „Du warst schon nach Groningen gezogen. Und meine ... meine Mutter hatte Schlaftabletten genommen. Eine ganze Menge. Ich habe sie gefunden und einen Krankenwagen gerufen. Sie wurde in die Klinik gebracht und man hat ihr dort den Magen ausgepumpt."

„Hat sie es überlebt?"

„Ja."

„Wo ist sie jetzt?"

„Keine Ahnung. Ich habe sie nur noch ein einziges Mal gesehen. Ich habe sie im Krankenhaus besucht und als ich ins Zimmer kam, hat sie mich angebrüllt. Dass alles meine Schuld sei. Dass ich ihr Leben zerstört hätte. Dass ich niemals hätte geboren werden dürfen."

Rosa dreht sich zu Saskia um und legt ihr die Hand an die Wange. Tränen laufen darüber.

„Es ist nicht deine Schuld, Saskia. Deine Mutter ist krank, sie denkt nicht wirklich so. Vielleicht weiß sie gar nicht, was sie sagt."

„Ja, ja, das weiß ich doch ... zumindest mein Kopf ... aber nicht mein Herz."

„Ganz ruhig, Saskia ..." Rosa wischt Saskia die Tränen vom Gesicht.

„Das muss wirklich schlimm für dich sein. Aber ... was hat das alles mit Jades Vater zu tun?"

Saskia zieht die Nase hoch. „Das Jugendamt hat mich in einer Pflegefamilie untergebracht. Ich war damals fünfzehn."

„Einer Pflegefamilie in Den Bosch?"

„Ja. Ich habe dort anderthalb Jahre gelebt. Es ... es war die schönste Zeit in meinem Leben. Sie waren sehr lieb. Vater, Mutter und zwei Kinder. Eine richtige Familie."

„Wie alt waren die Kinder?"

„Das Mädchen, Jill, war zwölf, sie war wie eine Schwester für mich. Ich war verrückt nach ihr. Sie war so lustig und lieb. Und der Junge war siebzehn."

„Wie hieß er?"

„Steven ..." Saskia Stimme wird leise. „Weißt du, Rosa, zum ersten Mal habe ich erlebt, wie es in einer richtigen Familie sein kann. Es wurden Geburtstage und Feste gefeiert, es wurde gelacht und gemeinsam gegessen. Das kannte ich alles nicht. Und es gab nie Streit. Wortwechsel, ja, aber es wurde immer alles ausdiskutiert. Sie waren so nett zu mir. Und das, obwohl ich wirklich nicht einfach war. Und dann ... dann habe ich alles versaut."

„Wie denn?"

„Ich ... ich habe mich in Steven verliebt ... und er sich in mich. Wir haben es geheim gehalten. Ich hatte Angst, dass ich sonst weg müsste."

Rosa nimmt Saskias Hand, die zittert und kalt ist.

„Wir haben miteinander geschlafen. Ein einziges Mal. Wir hatten das gar nicht vor ... es ist einfach so passiert. Stevens Eltern waren weg und wir haben heimlich getrunken, und dann ist es passiert. Hinterher haben wir es bereut ... Wir fühlten uns total mies, denn es war einfach nicht richtig. Er war eine Art Bruder für mich ... und dann ... Ich hatte meine Tage sehr unregelmäßig. Ich hätte nie gedacht, dass ich von dem einen Mal schwanger werden könnte. Ich merkte es erst nach fast fünf Monaten. Zu spät für eine Abtreibung. Und da bin ich weggelaufen. Ich habe mich so geschämt ..."

„Hast du noch mal Kontakt mit ihnen gehabt?"

„Nein."

„Das heißt ... sie wissen gar nicht, dass du ein Kind bekommen hast? Steven weiß es nicht?"

„Nein ... Rosa, ich weiß, dass ich dir irgendwann mal erzählt habe, dass Jades Vater abgehauen ist, als ich ihm von der Schwangerschaft erzählt habe, und dass meine Mutter mich rausgeschmissen hat. Das war gelogen", sagt Saskia leise. „Die Geschichte habe ich allen erzählt. Ich ... ich wollte nicht, dass ihr erfahrt, wie es wirklich war. Dass ich diejenige war, die abgehauen ist."

Für einen Moment schweigen beide Mädchen.

„Und dann bist du nach Amsterdam gegangen?", fragt Rosa schließlich.

„Ja, weil mich da niemand kannte. Den Bosch ist doch wie ein Dorf. In Amsterdam habe ich in verschiedenen Abbruchhäusern gewohnt und in Kneipen gearbeitet."

„Hast du damals schon Drogen genommen?"

„Nein, das kam erst später."

Rosa seufzt. „Du musst dich schrecklich einsam gefühlt haben, Saskia."

„Ja."

„Und dann? Wie ist es weitergegangen?"

„Ich bin nicht zu den Vorsorgeuntersuchungen für Schwangere gegangen. Und als eines Nachts die Wehen eingesetzt haben, habe ich selber einen Krankenwagen gerufen. Ich wollte das Baby eigentlich alleine bekommen, ohne jemanden dabei, aber im letzten Moment hat mich der Mut verlassen. Ich hatte das Gefühl, dass irgendwas nicht in Ordnung ist."

„Zum Glück hast du das gespürt", sagt Rosa. „Wer weiß, was sonst passiert wäre."

„Ja. Zuerst wollte ich Jade weggeben, aber als ich sie erst einmal in meinen Armen hatte, konnte ich es nicht mehr. Sie war so süß, so niedlich. Und ... sie ähnelt Steven. Seine Eltern kommen übrigens von den Antillen. Im ... im Krankenhaus habe ich geschworen, Jade eine gute Mutter zu sein, aber ... aber ..."

Saskias Stimme zittert, und sie beginnt heftig zu weinen. Rosa umarmt sie. „Ganz ruhig, Saskia. Du wirst ganz sicher eine gute Mutter sein ... ehrlich, es ist noch nicht zu spät. Und wir werden dir helfen. Du bist nicht mehr allein, Saskia. Wir sind bei dir."

Der Stand der Dinge

Von: Rosa van Dijk <rosa_vandijk@hotmail.com>
Gesendet: Samstag, 24. Oktober 23:20
An: Vincent van Gelderen <Nose@fastmail.com>
Betreff: Der Stand der Dinge

Lieber Nose,
es ist jetzt fast einen Monat her, dass ich deine letzte Mail bekommen habe. Ich habe lange gezögert, ob ich dir zurückschreiben soll, aber ich tue es jetzt doch. Weißt du, was ich am meisten vermisse? Dass wir jeden Tag miteinander reden und uns austauschen. Natürlich kann ich das auch mit anderen Leuten machen, aber es ist nicht das Gleiche.
In letzter Zeit ist so viel passiert. Vor zwei Wochen war die Eröffnungsfeier vom *Rosetti's*. Es war ein fantastisches Fest, auch wenn du gefehlt hast. Mittags ging es mit Musik und vielen leckeren Häppchen los. Es waren

sehr viele Leute da. Sogar Verwandte aus Italien waren extra angereist – der Laden ist nur so übergequollen und die Leute standen bis auf die Straße.
Mein Vater war mit Marieke und Flora da. Einfach Wahnsinn! Und stell dir vor: Suriname ist vom Tisch! Sie gehen nicht! Sie haben jetzt andere Pläne. Sie wollen eine große Reise mit dem Wohnmobil machen, wenn das Baby ein paar Monate alt ist. Sechs Monate lang. Und ich darf sie mal besuchen! Wenn sie zurück sind, sucht sich mein Vater einen neuen Job in Eindhoven. Er hat mir also doch zugehört!
Ansonsten war Esther mit ihren Eltern da und Jonas mit Jochem (einem sehr netten Jungen, den er im Fitnessstudio kennengelernt hat) und Jonas' Eltern und Saskia …
Saskia ist wieder zurück! Das weißt du ja noch gar nicht. Es geht ihr schon etwas besser. Sie macht eine vierwöchige ambulante Therapie in einer Entzugsklinik. Sie spricht dort jeden Tag mit einem Psychologen, den sie sehr nett findet. Das tut ihr sehr gut. Sie ist viel ruhiger geworden und sieht schon viel gesünder aus. Manchmal hat sie zwar noch zickige Anfälle, aber nicht mehr so oft, nur wenn sie sehr müde ist.
Sie hat mit Drogen gedealt, um ihre eigene Sucht finanzieren zu können. Am Ende hatte sie vierhundert Euro Schulden bei einem Dealer, und Herr Spaghetti und meine Mutter haben ihr das Geld gegeben, damit der Typ sie in Ruhe lässt. Sie war wahnsinnig erleichtert. Sie arbeitet jetzt samstags wieder im Laden mit und

strengt sich tierisch an, ihr Bestes zu geben. Sie überlegt sogar, auf die Abendschule zu gehen!
Oh ja, apropos Geld. Herrn Rosetti hat ein paarmal Geld in der Kasse gefehlt, das hatte Saskia tatsächlich genommen, aber manchmal hatte er auch zu viel Geld im Portmonee. Das hat Noa ihm zugesteckt! Weil sie um jeden Preis Miete zahlen wollte!
Aber ich schweife total vom Thema ab, ich war eigentlich beim Fest stehen geblieben und wollte erzählen, wer alles da war:
Joya war da, mit Dwight, sie sind so verliebt! Dwight hat auf seinem Didgeridings gespielt. Wirklich klasse. Wir haben es alle ausprobiert, sogar Abel. Das war lustig. Keiner hat auch nur einen einzigen Ton herausbekommen, nur Joya, die hatte schon ein bisschen Übung.
Und weißt du, wer auch vorbeikam? Noas Mutter! Sie hat selbst gebackenes marokkanisches Gebäck mitgebracht. (Es war so lecker, dass Herr Rosetti es verkaufen will.) Sie war sehr verlegen und schnell wieder weg, aber ich fand es einfach großartig, dass sie gekommen ist. Und Noa war so glücklich!
Und dann kam die Hauptattraktion: Als das Fest in vollem Gang war, hat Herr Rosetti meine Mutter gefragt, ob sie ihn heiraten will! Erinnerst du dich, dass er sich geweigert hat, als sie ihn gefragt hat? Tja, das hat er nur gemacht, weil er seine eigenen Pläne hatte. Er hat sich vor sie hingekniet, mit einem wunderschönen Verlobungsring in der Hand, und alle Leute standen drum

herum und haben geklatscht und gejubelt. Meine Mutter ist vor Freude fast durchgedreht. Und weißt du, was das Allertollste war? Sie hat gesagt, dass sie nur heiraten möchte, wenn ich damit einverstanden bin. Das fand ich einfach nur großartig.

Und ich habe Ja gesagt. Ich bekomme also doch noch einen neuen Stiefvater. Und weißt du was? Es macht mir gar nichts aus, es kann schließlich auch gut gehen.

Ich muss auf einmal an einen Urlaub auf Korsika vor vielen Jahren denken. Ich war damals elf oder zwölf und habe dort Jonas kennengelernt. Wir haben von einem korsischen Freiheitskämpfer einen Kompass geschenkt bekommen, mit einem Zettel dazu. Darauf stand: *Dein Herz ist dein Kompass, es sagt dir, wo du hingehen sollst*. Schön, oder?

Ich bin neugierig, ob unsere Wege je wieder parallel verlaufen werden, Nose.

GTG! Got to go! Meine Mutter steht vor meiner Tür. Ich hoffe, du schreibst mir auch mal irgendwann. Aber fühl dich dazu nicht verpflichtet.

Viele XX von Rosa.

„Rosa? Bist du noch am Computer? Ich dachte, du liegst schon lange im Bett!"

„Nein … ich musste noch schnell eine E-Mail verschicken."

Rosa zögert und drückt auf *Senden*. Dann schaltet sie den Computer aus und steigt vom Stuhl ins Bett.

Rosas Mutter schaut sich um. „Schön ist die Wand geworden, Rosa. Du bist echt unglaublich kreativ. Das Graffiti im Laden und die Speisekarten sind auch wunderschön. Wir kriegen jeden Tag Komplimente dafür."

Rosa wird rot und zieht ihre Bettdecke hoch. Sie sieht sich zufrieden um. „Ja, die Sardinenbüchse ist sehr gemütlich geworden. Das ganze Haus ist schön, Mama."

„Vor allem die Zwischentür, oder?" Ihre Mutter lacht und setzt sich neben sie ans Bett.

Rosa lacht auch. „Ist schon verrückt, ihr heiratet mit einer Tür zwischen euch."

„Ich finde die Idee eigentlich toll. So behalten wir jeder unseren Freiraum und können zusammen sein, wann immer wir wollen. Das ist doch ein wahnsinniger Luxus!"

Rosa nickt. Sie nimmt die Hand ihrer Mutter und dreht an dem Verlobungsring, den sie am Finger trägt.

„Ist es wirklich in Ordnung für dich, dass wir heiraten, Rosa?"

„Ja, Mama, sonst hätte ich garantiert Nein gesagt. Du kennst mich doch."

„Na und ob ich dich kenne, mein verrücktes Huhn." Rosas Mutter zieht ihre Tochter an sich und drückt sie.

Rosa befreit sich aus der Umarmung und sieht ihre Mutter an. „Mama, ich wollte dir noch sagen, dass ich ganz schönen Respekt vor dir habe."

„Ach ja?" Rosas Mutter lächelt und streicht Rosa eine Locke aus der Stirn. „Du fandest mich doch so unvorsichtig und impulsiv."

„Das bist du auch. Aber das hat auch seine guten Seiten.

Weißt du, immerhin traust du dich was. Du glaubst an dich und du hast keine Angst vor Neuanfängen."

„*No fear!*"

Rosa grinst. „Ja, *no fear*. Und du kümmerst dich so gut um Noa und Saskia. Und Herr Pasta auch. Das finde ich einfach toll. Ich bin sehr stolz auf dich. Später will ich so werden wie du."

Rosas Mutter knuddelt Rosa noch einmal fest. „Das ist wirklich das allerschönste Kompliment, das ich je bekommen habe! Aber du brauchst dich auch nicht zu verstecken, meine große Tochter! Du machst das alles großartig. Ich bin auch stolz auf dich."

Rosa grinst. „Ich glaube, ich habe das Schlimmste überstanden."

„Das Schlimmste wovon?"

„Von der Pubertät natürlich."

„Verrücktes Huhn!"

„Du bist jetzt wieder richtig glücklich, Mama, oder?"

„Ja, das bin ich. Sehr glücklich."

„Das Einzige, was noch fehlt, ist ein Baby der Liebe, hm?", stichelt Rosa.

Rosas Mutter wird rot.

Rosa schießt hoch. „Was?"

Rosas Mutter zeigt auf ihren Bauch. „Äh ... Rosa ... das fehlt nicht, das ist schon unterwegs."

Von: Rosa van Dijk <rosa_vandijk@hotmail.com>
Gesendet: Samstag, 24. Oktober 23:52
An: Vincent van Gelderen <Nose@fastmail.com>
Betreff: Ein Baby der Liebe

Nose, ich muss dir noch was erzählen! Meine Mutter ist wieder schwanger! Sie bekommt ein italienisches Spaghetti-Kind! Ehrlich! Sie hat es mir gerade erzählt! Der Test, den wir gefunden haben, war von ihr. Sie hatte das Ding schon zwei Tage in der Tasche und hat sich nicht getraut, den Test zu machen, und dann hat sie ihn im Bad von Noa und Saskia doch gemacht. Und als er positiv war, war sie so durch den Wind, dass sie ihn dort in den Mülleimer geworfen hat. Dann war sie zuerst ganz verzweifelt. Auch weil ich gesagt habe, dass sie immer so unüberlegt handelt und weil sie Herrn Rosetti heiraten wollte und er Nein gesagt hatte (ich hoffe, du kommst noch mit). Aber sie hat es ihm gleich nach dem Fest erzählt und er freut sich wie verrückt auf das Baby. Oh Mann, ich muss das erst mal verarbeiten. Ich glaube, ich schlüpfe noch schnell ins andere Haus (durch die Zwischentür!), um Saskia und Noa davon zu erzählen.

Tschüs Nosie, alles Liebe, Rosa

Ravensburger Bücher

Rosas schlimmste Jahre

Band 1
ISBN 978-3-473-**58400**-0

Band 2
ISBN 978-3-473-**58405**-5

Band 3
ISBN 978-3-473-**58414**-7

Band 4
ISBN 978-3-473-**58431**-4

RTB_12_022

www.ravensburger.de

Ravensburger